LE CHAT PERSAN

M. Rodriguez Lo Savio

LE CHAT PERSAN

ÉDITIONS DE VECCHI S.A.
52, rue Montmartre
75002 PARIS

Malgré l'attention portée à la rédaction de cet ouvrage, l'auteur ou son éditeur ne peuvent assumer une quelconque responsabilité du fait des informations proposées (formules, recettes, techniques, etc.) dans le texte.
Il est conseillé, selon les problèmes spécifiques – et souvent uniques – de chaque lecteur, de prendre l'avis de personnes qualifiées pour obtenir les renseignements les plus complets, les plus précis et les plus actuels possible.

En couverture, en haut : My Real King de Cassiopée, mâle crème ; éleveur et prop. : Bernardini. En bas : Phantom of the Opera de Do Diesis, femelle red tabby caméo ; éleveur : R. Conti Padovani, prop. : F. Brunello

Les photos de couverture et de l'intérieur sont de l'auteur

Dessins de A. Micheletti

Traduction de Maria Grazzini

Imprimé en Italie

Sommaire

Avant-propos

Une ancienne légende raconte l'histoire d'une princesse qui, pour sauver son amoureux prisonnier d'un méchant magicien, fut condamnée à filer dix mille pelotes de lin en trente jours.
Désespérée, elle demanda l'aide de ses trois chats. Ceux-ci travaillèrent jour et nuit, et réussirent ainsi à mener à bien cette tâche.
L'amant fut sauvé et la princesse, qui était une fée, pour récompenser ses chats leur fit don du ronronnement, en souvenir du bruit de la toupie.

J'aime beaucoup ce conte de fées et j'aime entendre le ronronnement du chat.
Chercheurs et savants ont essayé de comprendre et d'expliquer le mécanisme et les motivations qui amènent le chat à ronronner. Mais lui se moque éperdument des dissertations de tant d'érudits car il est seul à savoir que le ronronnement est le rythme, l'harmonieux et éternel rythme du cosmos, le mantra universel grâce auquel la sérénité et l'équilibre se répandent dans l'univers.

Origines et histoire

Les origines du chat à poil long

Si la race des chats persans n'est connue que depuis un siècle, ses origines sont bien plus anciennes et mystérieuses. Nous savons par exemple que les chats à poil long étaient déjà connus au XVIe siècle, comme en témoignent de nombreux tableaux de la Renaissance.
Nous en retrouvons les premières traces dans le journal de voyage d'un explorateur italien, Pietro della Valle, qui raconte avoir vu au Khorassan vers la moitié du XVIe siècle des chats à la longue fourrure.
Un siècle plus tard, en 1620, on parle à nouveau de chats de ce genre, importés de Turquie par Nicolas Fabri de Peiresc, homme de science, archéologue et conseiller au parlement d'Aix-en-Provence. Dans ses écrits, il relate en effet qu'en Azerbaïdjan, non loin de la Turquie, grande est la renommée de chats merveilleux appelés « angora » et que chaque année dans la capitale de la région a lieu une foire au cours de laquelle sont exposés les plus beaux spécimens.
Récemment, des études ont été effectuées sur la faune de ces régions et le chat sauvage a attiré l'attention des chercheurs. Le chat Manul (*Felis Manul/Pallas cat*) est un félin de petite taille qui vit dans les steppes et dans les régions montagneuses d'Asie centrale, jusqu'au Tibet et en Mongolie. Il pèse entre trois et cinq kilos, a de larges oreilles placées bas sur

Deux types de chat sauvage : le Manul et le chat des steppes

a

b

c

d

le crâne, une soyeuse fourrure et une riche collerette.

En regardant une carte géographique du continent asiatique, on s'aperçoit que le chat à poil long est apparu de façon naturelle dans les pays proches des régions où vivait le Manul : Chine, Russie, Perse, Afghanistan, Turquie.

Au XVIIIe siècle, le comte Georges-Louis Buffon (1707-1788) écrit dans son *Histoire naturelle* : « Le persan bleu, descendant du chat angora de la province du

Page de gauche : a) angora bleu ; b) angora fumé ; c) tigré à poil long ; d) angora argenté. Ci-dessus : angoras argentés. Ci-contre : le persan bleu de la reine Victoria (photographies tirées de l'ouvrage Animaux Vivants, *éd. Libraria)*

Khorassan, est doté d'un pelage fin, gris, brillant et soyeux dans des nuances diverses, plus intenses et foncées sur le dos et plus claires sur la poitrine. Sa queue en panache fait cinq ou six doigts de long... »

Buffon cite aussi Pietro della Valle et Nicolas Fabri et parle de la fascination que ces chats avaient exercé sur les étrangers, à tel point que les Portugais en avaient emportés des spécimens jusqu'aux Indes. A l'époque, ces régions fai-

*Chat angora (dessin extrait de l'*Histoire naturelle *de G.-L. Buffon)*

saient partie des colonies anglaises, et c'est probablement par ce biais que ce type de chat est arrivé en Angleterre.
Dans le rapport que le naturaliste Lottin del Val fit au président de la Société impériale d'acclimatation, on fait également mention des angoras : « J'ai trouvé cette belle espèce [les angoras] sur la grande plaine arménienne d'Erzeroum, où le climat diffère considérablement de celui d'Angora. J'en ai vu d'autres au Kurdistan et à Bagdad, mais aucun en Perse. »
Nous pouvons en déduire que les chats vus par Pietro della Valle étaient originaires d'Arménie ou d'Azerbaïdjan, où le milieu naturel était probablement plus favorable à l'adaptation de l'espèce.
Tel passage d'une encyclopédie du début du siècle nous fournit d'autres informations intéressantes : « De nombreuses variétés de chats à poil long, bleus, argentés et blancs, sont caractéristiques des régions de la Russie. Il n'est pas surprenant d'apprendre que dans ces immenses plaines, parcourues par les routes marchandes qui les relient aux pays sacrés de l'antiquité, des tentatives aient été faites pour emporter les chats mer-

Chat angora (reproduction de la « Collection des Mammifères » du Musée d'histoire naturelle de Paris, 1808)

veilleux de la Chine, de la Perse et de l'Inde du Nord ainsi que les chats des nombreux peuples qui entourent l'empire moscovite.

« Il faut remarquer que seul le chat bleu est capable de s'adapter à l'atmosphère raréfiée des régions montagneuses qu'il faut parcourir pour arriver en Russie. Dans plusieurs des villages traversés, on rencontre un nombre surprenant de chats bleus, qui sont d'une remarquable beauté et comme marqués par un coup de pinceau sombre tout le long du corps. Au cours du bref été russe, ils errent dans les bois, tourmentés par des milliers d'insectes venimeux, alors qu'en hiver ils restent au chaud dans les isbas ensevelies sous la neige.

« Bon nombre des fourrures rapportées de Russie proviennent de ces chats, et les préparer pour le commerce est devenu une importante et florissante industrie.

« Les alentours de Kronstadt, dans le sud des Carpates, sont célèbres pour la beauté des chats qui y vivent et que l'on dit originaires de Turquie. Une variété tout à fait nouvelle et remarquable est l'angora couleur ardoise ; son aspect est brun foncé, mais son pelage,

noir de jais en surface, présente des racines bleutées et argentées ainsi qu'une légère mousse claire autour du cou. »
Cet extrait du naturaliste et peintre Louis Wain est accompagné d'une série de photographies de chats de différentes races.
Nous pouvons remarquer que, si les photos des chartreux, abyssins ou européens, que Wain cite comme vainqueurs de nombreux prix, nous montrent des spécimens tout à fait semblables à ceux que nous pourrions rencontrer lors des expositions actuelles, il n'en est pas de même pour les chats à poil long, lesquels diffèrent totalement des persans actuels. Ils ont le corps svelte et longiligne, sont hauts sur pattes, ont la tête triangulaire et le profil effilé, les yeux en amande et les oreilles hautes. Voici les chats qu'un long travail de sélection a transformés en l'actuel persan.

Les premières expositions

En Angleterre

Joseph R. Spies, écrivain, photographe et grand amateur de chats, affirme que « la grande pulsion qui fait tourner la roue de la passion pour les chats vient des expositions ».
Dans l'Angleterre de la seconde moitié du XVIe siècle, il était de coutume d'organiser des exposi-

Harrison Weir avec le gagnant de la première exposition féline en 1871

tions de chats pour enrichir le programme des foires villageoises. Un jury de notables choisissait le chat le plus beau et le plus imposant mais aussi le meilleur chasseur de souris.
La félinophilie marque officiellement ses débuts avec la grande exposition au Crystal Palace de Londres, organisée en 1871 par Harrison Weir, poète, écrivain, félinophile passionné et membre de la prestigieuse Horticultural Society.
Au cours de cette manifestation furent montrés 170 sujets de différentes races, comme en témoignent les dessins accompagnant les articles parus dans *The Illustrated London News* et dans *The*

Dessins de chroniqueurs lors de la première exposition féline en 1871

Graphic. Nombreux étaient les sujets à poil long et ceux-ci étaient appelés « angoras » ou « persans ». Le prince de Galles, qui autographa la photo du persan primé, et la reine Victoria qui visita l'exposition et acquit à cette occasion deux chats à la longue fourrure bleue, contribuèrent à conférer au chat persan le charisme de la mondanité.

Selon les desseins de l'organisateur, la manifestation devait attirer l'attention du public sur les chats en général et notamment sur les races communes, pour lesquelles lui-même avait une prédilection. Au contraire, il fut obligé de cons-

tater que l'intérêt du public se focalisait sur les chats à poil long, sophistiqués, et fut grandement surpris par l'initiative des éleveurs anglais d'effectuer des croisements entre persans et chats communs afin de modifier la structure de ces derniers et d'obtenir une race « british ».
De toute évidence, et contrairement aux attentes de Weir, le persan avait désormais le vent en poupe. Photographié dans les bras de personnages de la haute société et fièrement montré sur les coussins en satin des salons des dames à la mode, il était devenu le *status symbol* d'une certaine position sociale, et le synonyme même de la beauté et de la richesse.

Aux Etats-Unis

Sur le continent américain, jusqu'à la fin du siècle dernier, des expositions de chats avaient également lieu dans le cadre des foires au bétail. Il s'agissait de concours qui voyaient rivaliser les meilleurs spécimens vivant dans les ranchs : animaux à poil long, grands et majestueux, originaires de l'état du Maine.
Pour comprendre la présence de tels chats dans cette région du Nouveau Continent, il suffit de se rappeler qu'en 1620, à bord du Mayflower, des Anglais avaient atteint Plymouth, dans le Massachusetts, et y avaient fondé la première colonie anglo-saxonne. Le nom de New England fut donné à tout le secteur nord-est de l'Amérique, dont la région du Maine fait partie. On peut en déduire que les pionniers anglais avaient apporté avec eux leurs coutumes et traditions et, également, leurs chats.
La première exposition, qui s'inspirait fortement du modèle anglais, eut lieu en mars 1881 au musée Bunnel de Boston. Mais le début officiel de la félinophilie fut marqué par la manifestation organisée en 1895 au Madison Square Garden de New York par James T. Hide, un Anglais qui avait participé à la célèbre exposition du Crystal Palace de Londres.
Les participants étaient au nombre de 176, divisés par race, classe et couleur, et les maine-coon américains furent particulièrement appréciés. Ce ne fut qu'au cours des années suivantes, avec l'importation des chats persans, sophistiqués et mondains, que les maine-coon furent détrônés.
En 1898 un éleveur anglais eut l'idée de fonder le Club des chats d'Angleterre et l'année suivante fut fondé le Beresford Cat Club de Chicago, encore actif de nos jours.
La passion pour les chats se répandait largement et de nombreux clubs furent créés à l'enseigne du chat persan, dans ses premières variétés et couleurs.
En 1906, pas moins de seize expositions furent organisées dans

les plus importantes villes des Etats-Unis et, en 1911, la manifestation de Portland, dans l'Oregon, connut un formidable succès avec 21 000 visiteurs.
De nombreuses revues spécialisées virent le jour, et, comme cela avait été le cas en Angleterre, persan et mode devinrent rapidement synonymes.

L'évolution de la race du début du siècle...

L'attention des éleveurs s'est rapidement polarisée sur les chats à poil long et ils s'y sont consacrés en concentrant leurs efforts sur la longueur du poil.
L'actuelle texture de la robe diffère considérablement de celle des chats du siècle dernier ; chez l'angora le pelage, soyeux et avec un bel aplomb, était composé quasi exclusivement par des poils dominants. Le riche sous-poil, qui rend volumineuse la fourrure du persan d'aujourd'hui, est en revanche le fruit de croisements avec des chats à poil court, auxquels on doit également l'enrichissement de la gamme de couleurs.
Les éleveurs anglais remarquèrent néanmoins que la longueur du pelage masquait la principale caractéristique de la race : la sinueuse élégance du corps. On remarqua également un plus grand équilibre dans les sujets les plus massifs, et de là vint l'idée qu'une structure « ronde » aurait été sans doute mieux adaptée à l'harmonie générale du persan.

LE CLIMAT A-T-IL MODIFIE LA RACE ?

Etant donné que les Anglais ont été les premiers à pratiquer l'élevage sélectif, des analogies ont été faites avec l'évolution, parallèlement et toujours en Angleterre, d'un chien d'origine chinoise : le chow-chow.
Cet animal, qui a subi des croisements et des régimes alimentaires particulièrement riches en vitamines et en sels minéraux, a acquis avec le temps les caractéristiques que nous lui connaissons aujourd'hui.
On a formulé l'hypothèse qu'à la transformation morphologique du chow-chow et du chat angora aient contribué également d'autres éléments, et notamment le climat qui règne en Angleterre, nettement différent de celui des pays d'origine de ces animaux. Une adaptation physique naturelle peut avoir contribué à leur mutation structurelle, parallèlement à la sélection opérée par les éleveurs.

Les éleveurs anglais, malgré la demande exclusive de persans bleus, commencèrent à élever des sujets blancs, noirs et roux, ainsi que des tigrés dans les nuances argentées, marron et grises.

Chaton surtypé de l'élevage de Al Chiba à M. Conti Fornara

En 1901 furent définis les standards de plusieurs couleurs et, si les « orange » sont sans aucun doute les aïeuls des roux actuels, on s'interroge encore sur la variété appelée « zibeline ».
Un livre de 1903 nous en fournit cette description : « Il s'agit d'une espèce de tabby seal dépourvu des marques caractéristiques de cette variété, en sorte que les deux couleurs, la claire et la sombre, se fondent et que la nuance zibeline prédomine. » Décidément on n'arrive pas à imaginer la couleur de ces chats ! La seule hypothèse possible est qu'il s'agit d'une variété de *golden smoke* aujourd'hui reconnue uniquement dans certains clubs hollandais.
A cause de l'énorme demande de persans bleus, et notamment dans la nuance bleu lavande, on a fait s'accoupler ces animaux entre membres de la même famille. L'excès de consanguinité a déterminé un appauvrissement de la race et surtout la perte de la précieuse couleur bleue, qui s'est transformée en un gris sombre et sans éclat. En France, où le public n'avait pas encore découvert le chat de luxe, on commença la sélection des persans et on put obtenir de merveilleux spécimens, soit bleus, soit d'autres couleurs.

... à nos jours

Comment et pourquoi en sommes-nous arrivés à un tel changement du type du persan ?
Madame Conti Fornara, éleveur et juge international auprès de la FIFe (Fédération internationale féline), déclare : « L'idée de sélectionner la race d'un animal quelconque, suppose un intérêt précis pour l'homme à en modifier, pour ses fins, l'aspect, la structure ou le caractère naturel. Il s'agit là d'une réalité historique qui, bien que répréhensible dans ses excès, doit néanmoins être considérée lorsqu'on aborde le sujet des races félines. Un chat au poil long et touffu a une silhouette plutôt arrondie, et les éleveurs se sont rendus compte que si toute sa structure était plus ronde et compacte, le chat aurait été, dans son ensemble, bien plus harmonieux. Sans négliger l'aspect du pelage, la sélection a visé à “émousser les angles” du chat à poil long, et au bout de nombreuses années de patient travail, sa structure a été rendue plus massive, et ses os et sa musculature plus courts et plus forts.
« Au cours de ces dernières années, une importance particulière a été accordée à la forme de la tête, ronde et avec un minuscule petit nez, et on en a parfois exagéré les caractéristiques afin d'obtenir le surtype. Le désir légitime des éleveurs d'améliorer la qualité de leurs animaux, les a conduit d'année en année à rechercher des types de plus en plus extrêmes, qui, par leur aspect, diffèrent toujours davantage des autres races, et notamment dans la conformation crânienne et le plan facial. »
Mais pourquoi les éleveurs se seraient-ils lancés dans toutes ces recherches ? Probablement parce que les petits chats au museau plus joufflu plaisaient davantage.
Selon Konrad Lorenz, célèbre pour ses études en éthologie, l'homme a tendance à s'attendrir quand il retrouve chez l'animal les caractéristiques de l'image enfantine : une tête bien ronde, de grands yeux et de bonnes joues !
Durant la Deuxième Guerre mondiale, les éleveurs anglais ont abandonné leur activité d'élevage de félins et les Américains se sont affirmés dans le domaine de la sélection.
En partant du type anglais, ils s'en sont éloignés petit à petit, jusqu'à obtenir le type extrême. De nombreuses polémiques ont surgi entre les partisans du « type » et ceux du « surtype » à propos de problèmes respiratoires et nutritionnels. A ce sujet Madame Conti Fornara commente : « En effet, certains éleveurs de persans ont commis l'erreur d'orienter leur sélection en visant uniquement au raccourcissement du nez, alors qu'il est essentiel de considérer globalement les proportions crâ-

Rajani de la Celsa, femelle écaille de tortue. Eleveur et propriétaire : M. Rodriguez Lo Savio

niennes, afin qu'elles se modifient harmonieusement en fonction de la réduction progressive des canaux du nez et du museau. La mâchoire et les zygomatiques doivent s'élargir et les yeux se distancier, alors que le front doit être suffisamment large et convexe pour pouvoir permettre aux cavités nasales et au canal lacrymal d'atteindre un développement suffisant. Un persan très typé doit être aussi sain qu'un chat européen commun.

« Dans plusieurs cas, des résultats semblables ont été obtenus, ce qui nous montre qu'il est possible de sélectionner aussi bien en fonction du type que de la santé de l'animal. »

Le standard

Morphologie

Cobby est le terme anglais qui définit le corps du persan, ce qui suggère une forme ramassée, compacte et massive sur des membres courts et robustes.
La tête, grande et ronde, doit s'inscrire dans un carré ; les oreilles sont petites et suffisamment éloignées l'une de l'autre pour que leur bord intérieur soit aligné sur l'angle extérieur de l'œil.
Dans un dessin idéal, le sommet de la tête et l'extrémité arrondie des oreilles seraient alignés.
Le front doit être haut et bombé et la ligne supérieure du nez, minuscule et très écrasé, doit s'aligner avec le bord inférieur des yeux.
Ceux-ci, bien distanciés, grands et ronds, doivent être doux et expressifs. Leur couleur (orange, bleu ou vert) sera limpide, brillante et aussi intense que possible.
Les joues, soutenues par de fortes mâchoires, sont pleines et lisses.
Le menton, bien marqué, met en évidence la parfaite tenaille de la dentition. Dans les types les plus extrêmes on remarque une tendance au prognathisme : le standard FIFe tolère un maximum de deux millimètres de proéminence de la mâchoire inférieure.
Le persan idéal doit être bien équilibré dans ses proportions : la distance entre le sommet de la tête et le stop doit être égale à celle qui existe entre ce dernier et la partie inférieure du menton. La totalité du corps (à part la queue) doit s'inscrire dans un carré.
Ainsi que pour la plupart des autres races, le mâle est plus grand et plus imposant que la femelle :

le poids est d'environ cinq à six kilos pour le mâle et de trois à quatre kilos pour la femelle.

Certaines variétés, comme le chinchilla et le golden, sont d'une taille inférieure.

Un magnifique spécimen : Jolee's Gilbert, Grand champion international, mâle crème. Elevage : Raicewic, propriétaire : Papini

STANDARD GENERAL FIFe

Tête : *ronde, massive et bien équilibrée, crâne large, joues bien développées, front bombé, petit nez court non retroussé marquant une nette cassure « stop ». Petites oreilles légèrement arrondies, très écartées et assez bas sur le crâne. Plumets bien fournis. Menton bien développé. Mâchoires larges et puissantes. Cou fort et court. Yeux grands, ronds, brillants, bien écartés, ouverts, expressifs, de couleur pure.*

Corps : *grand ou moyen, massif, bas sur pattes, poitrine large. Epaules et dos bien musclés. Les pattes sont fortes, courtes. Les pieds sont larges et ronds, les touffes entre les doigts sont souhaita-*

Glow White de Meneftha, Champion européen, mâle blanc aux yeux orange. Eleveur et propriétaire : Boni Gardella

bles. La queue doit être courte et fournie, mais quand même en proportion avec le corps.

Fourrure : *longue et dense, texture fine et soyeuse (pas de texture laineuse). Longue collerette recouvrant les épaules et la poitrine.*

Condition : *chat bien toiletté, propre.*

ECHELLE DES POINTS

Au cours des expositions, les juges FIFe examinent les chats et leur attribuent un score, qui pour le chat parfait prévoit 100 points répartis de la façon suivante :

Type :	*20*
Tête :	*30*
Couleur des yeux :	*15*
Couleur de la fourrure :	*30*
Conditions générales :	*5*

Les défauts

Toute malformation est considérée comme un défaut et est pénalisée par le jury :

- *pour le squelette :* nœud ou apophyse caudale, déviation de la mandibule, prognathisme de la mâchoire supérieure ou inférieure ;
- *pour la dentition :* canines proéminentes, dents manquantes ou cassées ;
- *pour les yeux :* strabisme ou tendance au strabisme, ou encore yeux encaissés dans la boîte crânienne ;
- *pour les organes génitaux :* monorchidisme ou cryptorchidisme ;
- *nombre de doigts non conforme :* poly/oligodactylie.

Autres pénalisations :

- *sujets drogués ;*
- *femelles en cours de lactation ou gravides depuis plus de quatre semaines ;*
- *sujets présentant une ablation des ongles ;*
- *sujets qui présentent des signes de mauvaise santé, y compris maigreur et obésité ;*
- *sujets qui présentent des signes de manque de propreté (oreilles sales, parasites dans le pelage) ;*
- *sujets qui présentent un excès de toilettage (teintures, rasages, traces de talc dans le poil).*

Classification des variétés

Pendant près de 80 ans d'activité de sélection, plus d'une centaine de variétés de persan ont été obtenues, et celles-ci ont été classées, assez sommairement, selon la coloration de la robe. La couleur dépend de la distribution du pigment, qui peut colorier totalement ou partiellement le poil selon l'interaction de gènes différents.

• **Premier groupe.** Les persans appartenant à ce groupe sont ceux dont le pelage est composé de poils unicolores de la pointe à la racine. Les couleurs peuvent être *solides* ou *diluées* (noir, chocolat, lilas, bleu, roux, crème, blanc), écaille de tortue et écaille bleu, bicolores, tricolores, arlequin, van et écaille et blanc.

• **Deuxième groupe.** Font partie de ce groupe les persans dans lesquels l'action du gène inhibiteur (I) provoque une dépigmentation partielle du poil : *chinchilla, silver shaded, golden (shell* et *shaded), smoke* et *caméo* dans toutes les couleurs reconnues.

• **Troisième groupe.** Appartiennent à ce groupe les persans dans lesquels agit le gène siamois (*himalayan* pour la terminologie américaine) qui détermine une coloration concentrée aux extrémités du sujet : *colourpoint* dans toutes les couleurs reconnues.

• **Quatrième groupe.** Il s'agit du groupe dans lequel le gène agouti (A), porteur du caractère « sauvage », interagit dans les différents dessins *tabby.* Ce gène peut se retrouver dans les persans du premier, deuxième et troisième groupe.

Premier groupe

Noir, chocolat, lilas, bleu, rouge, crème, blanc, écaille de tortue et écaille bleu, bicolore, tricolore, arlequin, van et écaille et blanc

Noir

Les persans noirs, déjà présents à la première exposition de Londres en 1871, étaient plutôt rares et considérés comme très particuliers à cause de la couleur orange de leurs yeux, qui se distinguait de la couleur verte de la plupart des autres chats à poil long.
Avec la création du Governing Council of the Cat Fancy (GCCF), la Grande-Bretagne eut son premier Livre des origines pour les chats de race et l'on n'y trouve enregistrés que dix-sept persans noirs. L'éleveur anglais Cyril Yeates, membre du GCCF, fut un grand amateur de persans noirs et on lui doit un excellent travail de sélection.
L'évolution et le développement de la race, interrompus en Europe par le bouleversement dû aux événements de la Deuxième Guerre mondiale, continua aux Etats-Unis. En 1951, le persan noir « Grand Campione Pied Piper of Barbe Bleu » fut le premier « chat de l'année ».

Son aspect

C'est un merveilleux animal : sur sa fourrure noir de jais, brillante et lourde, les yeux couleur cuivre ressortent avec un exceptionnel contraste. Le noir profond qu'exige le standard est très difficile à obtenir ; sous-poil gris et nuances roussâtres sont difficiles à éliminer car les simples rayons solaires ou l'humidité altèrent le noir. Certains éleveurs, pour présenter aux expositions des animaux à la couleur impeccable, tondent les chats aux alentours du mois d'avril de façon que le pelage soit tout neuf et parfait pour la prochaine saison d'hiver. Le toilettage pour l'exposition prévoit également un parfait aplomb du pelage, lequel doit être brossé et lissé sans avoir recours au talc, qui ôterait le naturel éclat de la fourrure.

Chez les chatons, une couleur encore incertaine n'est pas pénalisée : c'est seulement à l'âge adulte que la robe devient noir de jais. Ci-dessous : Noche Mexicana de Ioha, femelle noire. Eleveur et propriétaire : Perniola

PRINCIPALES CARACTERISTIQUES

Fourrure : *noir de jais jusqu'à la racine du poil sans traces roussâtres, poils blancs, marques diverses ou sous-poil gris.*

Truffe : *noire.*

Coussinets : *noirs ou seal.*

Yeux : *cuivre ou orange foncé.*

Les chatons, jusqu'à l'âge de six mois environ, n'arborent pas une jolie couleur, mais ce phénomène disparaît pendant la croissance.

Chocolat et lilas

Depuis quelques années deux nouvelles variétés ont été obtenues de la couleur noire : chocolat et lilas. Le docteur Menton, généticienne anglaise, a été la première à présenter ces deux nouvelles couleurs dans son ouvrage *Colourpoint and Himalayan,* car ces belles nuances ont été obtenues dans le cadre des programmes de sélection des colourpoint. La variété chocolat a une fourrure couleur châtaigne et toutes les nuances du marron sont acceptées. La variété lilas se reconnaît par une nuance légèrement rose sans sous-poil gris ; le nez et les bouts des doigts sont rose lavande.

Chocolate Diablo, Champion international, mâle chocolat. Propriétaire : L. Tosini

PRINCIPALES CARACTERISTIQUES DE LA VARIETE CHOCOLAT

Fourrure : *sont admises toutes les nuances chaudes du marron ; la couleur doit être uniforme.*

Truffe : *couleur chocolat au lait.*

Coussinets : *toutes les nuances de couleur entre le cannelle et le chocolat.*

Yeux : cuivre ou orange foncé.

PRINCIPALES CARACTERISTIQUES DE LA VARIETE LILAS

Fourrure : *couleur uniforme d'un clair rose lilas.*

Truffe et coussinets : *rose lavande.*

Yeux : *cuivre ou orange foncé.*

Défauts : *marques tabby, poils blancs et sous-poil gris.*

De nouvelles et précieuses nuances de couleur : Lillac Glamour, Champion, femelle lilas. Eleveur et propriétaire : L. Tosini

Bleu

En 1871 au Crystal Palace de Londres, les sujets bleus furent présentés avec les blue tabby et les bicolores blanc et bleu. La première classification spécifique fut établie en 1889, à l'occasion d'une exposition qui présentait 600 chats et enregistra une affluence de 20 000 visiteurs. En 1901 fut fondée en Angleterre la Blue Persan Society qui définit les premiers paramètres du futur standard. A peine dix ans plus tard, on comptait une centaine de persans bleus participant aux expositions de l'époque. Après une période de déclin de la variété par suite d'une excessive consanguinité, la sélection reprit dans les autres pays d'Europe et aux Etats-Unis. Quand les éleveurs anglais reprirent enfin la sélection, le persan à la merveilleuse couleur lavande fut à nouveau le fleuron de leurs élevages.

Son aspect

Volumineux et au doux pelage, le persan bleu des expositions doit avoir une fourrure gris clair à la légère nuance bleutée. Les tons plus intenses sont acceptés si la couleur reste homogène.
Les éleveurs qui participent aux expositions éliminent complètement, moyennant l'épilation, les poils foncés dominants, et facilitent de cette façon le développement d'un dense sous-poil qui confère du volume à la fourrure.
Il est fréquent d'observer sur les chatons des mouchetures. Avec le temps, celles-ci disparaissent. Et bien souvent, il n'est pas rare de constater que le chaton moucheté devienne un très beau chat.

Royal Harmony's Never Be Alone, femelle bleue. Elevage : Hokplic, propriétaire : M. Lo Savio

PRINCIPALES CARACTERISTIQUES

Fourrure : *toutes les nuances du bleu-gris sont admises, mais les plus claires sont les plus recherchées.*

La couleur doit être pure et homogène, sans poils blancs.

Truffe et coussinets : *bleu-gris.*

Yeux : *cuivre ou orange foncé.*

La couleur bleue doit avoir une nuance lavande. Ci-dessus : Over the Top del Fiore Nero, mâle bleu. Elevage : Burani, propriétaire : G. Baccolini

Roux (red self)

Au cours des premières expositions une seule classe regroupait tous les persans à poil roux, la différence entre le roux self et le roux tabby n'ayant pas encore été définie.
On peut retrouver ces deux variétés dans une même portée et il n'est pas évident d'établir entre elles une ligne de démarcation précise : la robe la plus uniforme en apparence présentera néanmoins quelques nuances de rayures.
Le développement et la sélection des persans roux ont toujours été confrontés à la difficulté d'éliminer les marques tabby, ainsi que le standard le requiert, compte tenu de l'action du gène O, qui rend cela quasiment impossible.
A l'origine la variété était appelée « orange », mais étant donnée la nette préférence pour les couleurs plus intenses, c'est l'appellation de « red self » qui a été choisie par la suite.
Les mâles roux sont utilisés pour obtenir des sujets écaille de tortue et écaille et blanc, car les reproductrices rousses sont peu nombreuses.
En effet, si l'accouplement de deux persans roux donne la certitude d'obtenir des femelles de même couleur, les marques dans le pelage s'accentuent parallèlement et le type régresse.
Afin d'éliminer les nuances de rayures, on a eu recours à des croisements avec des persans de couleur crème, mais l'atténuation des marques tabby implique également un éclaircissement de l'ensemble du pelage et par conséquent la perte de la caractéristique couleur rousse.
Aux Etats-Unis, les deux variétés furent immédiatement sélectionnées, et dans les deux cas on obtint parfois des types tellement extrêmes que fut d'abord créée une classe à part dénommée « peke-face » (tête de pékinois). En effet, ses caractéristiques étaient proches de celles des chiens pékinois. Celles-ci furent définies dans un premier standard par la Cat Fanciers' Association (CFA).
Pour obtenir les grands yeux proéminents, les éleveurs poussèrent de telle sorte le plan facial qu'ils en arrivèrent à provoquer des problèmes au niveau de la respiration et du canal lacrymal.
A cause de ce genre de difficultés et de bien d'autres, la variété américaine fut contestée par un certain nombre d'éleveurs et félinophiles et notamment par l'association anglaise GCCF qui ne reconnut jamais le surtype.
Aujourd'hui le type extrême ou surtype a été obtenu dans toutes les variétés de persans et dans la plupart des élevages de persans les problèmes des débuts ont été résolus.

Même le pelage roux le plus uniforme présentera néanmoins des nuances de rayures tabby. Long Down de Ioha, Champion européen, femelle rousse. Eleveur et propriétaire : Perniola

Son aspect

La fourrure idéale devrait être d'une uniforme couleur acajou sans trace de marque tabby, mais cela est chose quasiment impossible à cause, entre autres, de la repousse du poil. Les mâles ont un aspect imposant et sont plus nombreux que les femelles.

PRINCIPALES CARACTERISTIQUES

Fourrure : *roux chaud, pur, profond, sans aucune marque tabby ni tache claire ; de couleur uniforme jusqu'à la racine.*

Truffe et coussinets : *rouge brique.*

Yeux : *cuivre ou orange foncé.*

Dans les expositions, le CAC (Certificat d'aptitude au championnat) n'est pas attribué aux sujets présentant le bout de la queue blanc. Sont admises des nuances ombrées sur le front et sur les membres.

Crème

Magnifique coloration qui semble remonter à une variété d'angora appelée « fawn ». Les éleveurs n'aimaient pas beaucoup la couleur d'origine, un marron clair (*fawn*) qu'ils considéraient comme un échec. Quand ils n'étaient pas stérilisés, les sujets crème étaient utilisés uniquement dans la sélection des red self afin d'éclaircir les marques tabby.

La variété a gagné une certaine popularité en Angleterre quand les éleveurs ont commencé à croiser des écaille et des roux avec des bleus pour améliorer le type. L'intérêt des éleveurs se dirigea nettement vers une couleur aussi claire que possible et l'on définit un nouveau standard allant vers

Les premiers éleveurs n'appréciaient pas beaucoup la couleur crème. Aujourd'hui, en revanche, elle est considérée comme une des plus belles variétés. Ci-dessous : Grafcat Vanilla Sheke, femelle crème. Elevage : Graf, propriétaire : M. Lo Savio

une teinte crème très pâle. Le standard américain prévoit une coloration beaucoup plus chaude.

Son aspect

La fourrure doit être vaporeuse et douce. Etant donné que les poils dominants présentent des pointes roussâtres, ils doivent être épilés constamment afin d'obtenir un riche sous-poil ainsi qu'une couleur uniforme et très claire.

PRINCIPALES CARACTERISTIQUES

Fourrure : *crème pastel uniforme jusqu'à la racine ; la couleur ne doit pas être chaude ni présenter de marques.*

Truffe et coussinets : *roses.*

Yeux : *cuivre ou orange foncé.*

My Real King de Cassiopée, mâle crème. Eleveur et propriétaire : Bernardini

Blanc

Les premiers chats européens à poil long étaient blancs et étaient appelés « chats français ».
Ils étaient très appréciés pour leur fourrure et leurs yeux bleus, ainsi que pour leur caractère mystérieux. Les éleveurs s'aperçurent néanmoins que leur comportement détaché et peu nerveux était dû à une surdité.
Le croisement avec des persans bleus, qui visait à améliorer le pelage, fit naître des sujets blancs aux yeux orange ou vairons.
Aujourd'hui toutes les variétés sont reconnues.

Son aspect

Il s'agit probablement du plus extraordinaire parmi les persans ; sa fourrure immaculée, sans traces jaunâtres, doit être douce, vaporeuse et nécessite les soins les plus attentifs. Ses yeux grands ouverts peuvent présenter trois types de couleur : orange foncé, bleu intense ou encore l'un orange et l'autre bleu.
Le larmoiement chez les sujets surtypés (avec un museau très écrasé) crée souvent des problèmes à cause des taches jaune-brun qui apparaissent sous les yeux et le long du nez. Propreté et soins constants sont nécessaires pour éviter des taches indélébiles sur la robe.

PRINCIPALES CARACTERISTIQUES

Il existe trois variétés : *yeux bleus, yeux orange, yeux vairons.*

Fourrure *: blanc pur sans trace ni autre marque.*

Truffe et coussinets : *roses*

Yeux : *bleu profond ou orange foncé, ou un œil bleu et l'autre orange.*

Les chatons présentent souvent une tache bleue ou noire sur la tête, mais elle disparaîtra pendant la croissance. La fourrure des persans blancs ne doit avoir aucun reflet jaune.

Nil, Champion, mâle blanc aux yeux vairons. Elevage : Lanzoni, propriétaire : Marini

Ecaille de tortue (tortie)

A l'origine, selon la théorie de Harrison Weir, il n'existait pas de chats à poil long dotés d'un pelage de cette couleur, et ceux-ci seraient issus de croisements avec des chats communs. Les premiers sujets de ce type intéressèrent vivement les éleveurs quand ces derniers découvrirent les innombrables possibilités que cette variété offrait pour la sélection. La couleur tortie est génétiquement liée au sexe féminin.

Son aspect

La couleur de sa fourrure rappelle celle de la carapace de la tortue et les taches roussâtres doivent être

Rhapsodie de Do Diesis, femelle tortie smoke. Eleveur et propriétaire : R. Conti Padovani

nettes et bien délimitées avec des tonalités variant du crème au roux. Comme dans la variété du noir, le pelage doit être doux, brillant et de bel aplomb, de façon à mettre en évidence les différentes nuances de la couleur. L'éventuel sous-poil gris doit être éliminé afin de ne pas ternir l'éclat des couleurs.

Chaton tortie smoke. Elevage : Avalon de S. Di Iorio

Dans les variétés écaille de tortue et écaille bleu, on trouve quasi exclusivement des femelles. Dans la variété écaille, les couleurs sont vives et brillantes ; dans l'écaille bleu, les deux tons se fondent en une très délicate nuance. Deux persans écaille de tortue : à droite : Gopi Devi de la Celsa ; élevage et propriétaire : M. Lo Savio. Cidessous : Oltre il limite di Borgo Ala ; éleveur et propriétaire : M. Ottimo

PRINCIPALES CARACTERISTIQUES

Fourrure : *la couleur rousse, claire ou foncée, ainsi que la noire, doivent être réparties de façon régulière tout le long du corps, y compris les extrémités. Les taches, nettes et bien définies, doivent être d'une couleur chaude et brillante ; une flamme rousse sur le museau est appréciée.*

Truffe et coussinets : *noirs, roses ou roses mouchetés de noir.*

Yeux : *cuivre ou orange foncé.*

Au cours des premiers mois de vie les femelles présentent souvent un sous-poil gris qui disparaît pendant la croissance.
Sont pénalisées les marques tabby sur le museau et sur les parties rousses.

United States Von Rosensee, écaille de tortue chocolat. Eleveur et propriétaire : L. Tosini

Ecaille bleu

Alors que l'écaille de tortue fut immédiatement appréciée, ce n'est qu'en 1930 que le Gouverning Council Cat Fancy reconnut l'écaille bleu, variété qui auparavant était appelée *blue tortie shell.*

Cette variété est étroitement liée à l'évolution du pelage crème, dont elle dépend. Aujourd'hui le standard prévoit un parfait mélange des tons bleu et crème, mais aux Etats-Unis sont également acceptées les robes présentant des taches semblables à celles des écailles de tortue.

Peach-n-cream du Tuaregh, Champion international, femelle écaille bleu. Eleveur et propriétaire : Papini

Ainsi que dans cette dernière variété, la particularité de la couleur est génétiquement liée au sexe du sujet : en effet, dans les deux cas, on ne peut obtenir que des femelles. Les rares mâles qui naissent sont généralement stériles par suite d'une altération au niveau des chromosomes.

Son aspect

Il s'agit d'une dilution de la variété écaille.

En Europe, cette variété a été sélectionnée jusqu'à obtenir une parfaite fusion du bleu et du crème en une très délicate nuance de gris perle.

La robe doit avoir les mêmes caractéristiques que celles du bleu et du crème, être vaporeuse et avoir un riche sous-poil.

PRINCIPALES CARACTERISTIQUES

Fourrure : *un mélange très clair des couleurs bleu et crème qui doivent se fondre de manière régulière sur tout le corps, y compris les extrémités.*

Truffe et coussinets : *bleus, roses ou les deux ensemble.*

Yeux : *cuivre ou orange foncé.*

Ree-gal du Tuaregh, femelle écaille bleu. Eleveur et propriétaire : Papini

Bicolore, tricolore, arlequin et van

Les bicolores participant aux premières expositions étaient regroupés dans la catégorie « toutes les autres couleurs », qui comprenait également : les blanc et orange, les blanc et bleu et les blanc et noir ; curieusement ces derniers étaient appelés *magpies*, ce qui en anglais signifie commère. Les bicolores tabby étaient également exposés : variété enfin admise aux expositions et reconnue par la FIFe après l'assemblée générale internationale du mois de mai 1991. Pendant de nombreuses années les bicolores n'ont pas eu de véritable standard et, selon d'anciennes

Lelabelle's Pride, Champion, mâle noir et blanc. Elevage : Bedsole, propriétaire : Cassini

Min-Amoun-Sen de Meneftha, mâle noir et blanc. Éleveur et propriétaire : Boni Gardella

normes, les juges faisaient référence dans ce cas à la disposition des taches du pelage d'une variété hollandaise de lapins.
La commission internationale des juges FIFe a enfin élaboré un standard qui fixait aux 2/3 la partie colorée du pelage et à 1/3 celle du blanc. Mais, grâce aux progrès dus à la sélection, les bicolores présentèrent rapidement les taches les plus diverses et variées et de nombreux sujets, remarquables quant à leur type, furent pénalisés à cause des proportions de la couleur.
Aujourd'hui, après maints remaniements du standard, la FIFe reconnaît trois types de robe, selon la différente répartition du blanc et de la couleur : bicolore, arlequin et van.

Noctambule de Gonzaga, Champion européen, mâle bleu et blanc. Eleveur et propriétaire : Ghisi

Maïs de Scaligeri, mâle blanc et crème. Eleveur et propriétaire : Bertolaso

PRINCIPALES CARACTERISTIQUES DES BICOLORES

Il existe six variétés : *noir et blanc, lilas et blanc, bleu et blanc, roux et blanc, chocolat et blanc, crème et blanc.*

Fourrure : *d'un maximum de 2/3 de couleur à un minimum de 1/2 ; le reste en blanc. Les taches de couleur, réparties harmonieusement doivent être nettes, bien définies et uniformes. Une tache blanche sur le museau est appréciée.*

Truffe et coussinets *: peuvent être roses ou faire pendant à la couleur du corps.*

Yeux : *cuivre ou orange foncé.*

Bar-B Ceasefire, Grand champion, mâle roux et blanc. Propriétaire : Lasagni Giubertoni

Marguerite de la Vieille Ferme, Championne, femelle arlequin noir et blanc aux yeux impairs (vairons). Eleveur et propriétaire : S. Suppa

PRINCIPALES CARACTERISTIQUES DES ARLEQUINS

Il existe six variétés : *noir et blanc, lilas et blanc, bleu et blanc, roux et blanc, chocolat et blanc, crème et blanc.*

Fourrure : *la proportion de la couleur (une des six couleurs solides) peut être comprise entre 1/4 et 1/2 de la superficie totale du corps. La couleur doit se présenter en plusieurs taches entourées de blanc.*

En ce qui concerne le reste, les caractéristiques sont les mêmes que celles du bicolore.

Orphéus de la Lune Bleue, Grand champion, mâle van blanc et crème. Elevage : Linguitti, propriétaire : Papini

PRINCIPALES CARACTERISTIQUES DU VAN

Il existe six variétés : *noir et blanc, lilas et blanc, bleu et blanc, roux et blanc, chocolat et blanc, crème et blanc*

Fourrure :
- tête : *deux taches de couleur sur le museau séparées entre elles par une flamme blanche ; les oreilles doivent être blanches, de préférence avec un lobe rose.*
- corps : *une tache de couleur qui commence sur le dos et continue jusqu'à l'extrémité de la queue. Sont tolérées jusqu'à trois petites taches sur le corps.*

Truffe et coussinets : *roses.*

Yeux : *cuivre ou orange foncé, bleu profond, ou vairons.*

Naïf, Champion international, et Novella de Scaligeri, Championne internationale, mâle et femelle van. Elevage : Bertolaso

Ecaille et blanc (calico)

Le caractéristique chaton bobtail, qui, depuis des siècles est au Japon synonyme de bonheur et d'aisance, trouve son correspondant à poil long dans l'écaille et blanc. Variété rare jusqu'à il y a quelques années, à cause du petit nombre de sujets et de la difficulté à obtenir une parfaite répartition des taches.

Son aspect

La fourrure de cette variété suit les normes établies pour les bicolores et par conséquent, selon les proportions, on distinguera l'écaille et blanc proprement dit, l'écaille et blanc arlequin et l'écaille et blanc van.
Grâce aux dernières sélections sophistiquées, de nouvelles nuances de couleur ont été obtenues, tels le chocolat et le lilas qui viennent s'ajouter au bleu.

Isabel Baby des ducs d'Este, Champion européen, femelle écaille et blanc. Eleveur et propriétaire : Torelli

PRINCIPALES CARACTERISTIQUES

Fourrure : *le roux (clair ou foncé) et le noir sont répartis en grandes taches bien définies et nettement sépareés du blanc tout le long du corps ; une petite tache blanche sur le dos est appréciée ainsi qu'une flamme blanche sur le museau.*

Truffe et coussinets : *roses, noirs, roses mouchetés de noir.*

Yeux : *cuivre ou orange foncé.*

Défauts : *marques tabby.*

Of Nur Him de Gazébo, femelle écaille et blanc. Eleveur et propriétaire : Gazzani

Vanille Fraise de Pokhara, Champion international, femelle écaille et blanc dilué. Elevage : Joquel, propriétaire : M. Lo Savio

Lenci's Doll de Ioha, femelle écaille et blanc dilué. Eleveur et propriétaire : Perniola

Deuxième groupe

Chinchilla, silver shaded, golden (shell et shaded), smoke et caméo

Chinchilla

Des croisements entre tabby argentés et ceux qui étaient appelés « zibeline », étaient nés des sujets à la fourrure ombrée avec des tiquetures sur la pointe du poil (*smoke*).
Vers 1800, en Angleterre, dans l'élevage de Madame Vallence, une femelle smoke, Beauty of Bridgegate, eut un chaton qui allait marquer l'histoire de la félinophilie. Son pelage était si particulier que le petit fut appelé « Silver Lambkin » (petit agneau d'argent) et qu'il devint l'une des vedettes du Crystal Palace. Il vécut dix-sept ans et à sa mort, son importance était telle dans l'évolution génétique des variétés, qu'il fut embaumé et exposé au musée d'histoire naturelle de South Kensington à Londres, où il se trouve encore aujourd'hui.
Le daguerréotype de ce célèbre chat nous donne la mesure des difficultés considérables que les éleveurs ont dû affronter avant de parvenir aux chinchilla du standard actuel. En ce qui concerne la robe, nous pouvons remarquer qu'elle était très foncée et présentait des anneaux bien marqués sur les membres. Les éleveurs anglais et américains ont travaillé sans répit : Grace Over le premier, ainsi que les élevages Kitza, Claremont, Silverlace, Hillisbury, Pahalewi et bien d'autres, ont amené la variété à la beauté et à l'élégance que nous lui connaissons aujourd'hui.

Selon les chroniques des années 1888/1890, l'exposant VIP de l'époque était une princesse anglaise, fille de la reine Victoria.
Elle était propriétaire de plusieurs chinchillas et vraisemblablement éleveur elle-même, car l'un de ses chatons, « Puk III », fut vendu pour la somme d'une guinée.

Son aspect

Le véritable chinchilla doit être d'un blanc quasiment immaculé, car seulement le 1/8 de son poil est pigmenté de noir (*tipping*).
L'abdomen, la poitrine et le menton sont entièrement blancs ainsi que doivent l'être les plumets des oreilles.
Les yeux verts entourés d'un ourlet noir sont l'atout majeur de ces merveilleux chats. Le petit nez couleur brique est également entouré de noir, et noirs sont aussi les coussinets et les muqueuses.

Never Alone de Villafranca, Grand champion, femelle chinchilla. Eleveur et propriétaire : Ricci

Galatea de la Celsa, Champion, femelle chinchilla. Eleveur et propriétaire : M. Lo Savio

PRINCIPALES CARACTERISTIQUES

Fourrure : *sous-poil blanc pur ; le dos, la tête, les oreilles et la queue présentent un* tipping *noir, distribué uniformément, ce qui confère au pelage l'éclat de l'argent. Les membres et la tête peuvent être ombrés. Le menton, la poitrine, les plumets des oreilles, l'intérieur des membres et la partie sous-caudale sont d'un blanc pur. Le* tipping *représente environ 1/8 de la longueur du poil.*

Truffe : *rouge brique avec un ourlet noir.*

Coussinets : *noirs ou seal.*

Yeux : *grands ouverts, verts ou bleu-vert ; une couleur nette est préférée. Les paupières sont soulignées par un trait noir.*

Il existe trois variétés : *le chinchilla bleu, chocolat et lilas.*

Les chatons naissent avec une couleur tigrée assez foncée, mais cela s'estompe rapidement en laissant le caractéristique *tipping*. Au cours des premiers mois, leurs yeux sont bleus et la couleur verte tant attendue n'apparaît qu'aux alentours des huit mois, et parfois plus tardivement.
Il est tout à fait normal que les chinchilla soient d'une taille légèrement inférieure à celle des autres persans.

La différence entre un chinchilla et un silver shaded réside dans le fait que la nuance argentée est plus marquée dans la deuxième variété. Ci-contre : Pahlewi's Silver Dynasty, Champion européen, mâle chinchilla. Elevage : Deutschaman, propriétaire : A. De Gioia

Silver shaded

Il n'est pas facile de distinguer cette variété de celle du chinchilla, d'autant plus qu'il peut y avoir désaccord entre les juges à propos de la classification des sujets jeunes dans l'une ou l'autre des catégories.

Son aspect

La véritable variété silver shaded est dotée d'une robe plus ombrée car le *tipping* couvre 1/3 de la fourrure ; elle ne doit de plus présenter aucune trace tabby ni de nuances seal.

Little Bear de Villafranca, Champion européen, mâle silver shaded. Elevage : Ricci, propriétaire : Malaroda

Joyvyn S. Cruz Star, Champion international, femelle silver shaded. Propriétaire : Polesel

PRINCIPALES CARACTERISTIQUES

Fourrure : *le sous-poil est d'un blanc pur avec un* tipping *noir qui du dos s'élargit vers les flancs. La tête et les membres sont également ombrés ; sur les pattes on accepte des anneaux ouverts. Le museau et la partie supérieure de la queue doivent être légèrement marqués par le* tipping. *Le menton, la poitrine, le ventre, l'intérieur des membres et la partie sous-caudale sont d'un blanc pur. Dans son ensemble la coloration de ce chat est plus foncée que celle du persan chinchilla. Le* tipping *peut couvrir 1/3 de la longueur totale du poil et doit être aussi uniforme que possible. Sur la partie plantaire des membres postérieurs, le noir doit s'étendre jusqu'au talon.*

Truffe, coussinets et yeux : *comme le chinchilla.*

Les défauts suivants sont pénalisés en exposition : *reflets jaunes ou bruns dans le pelage ; marques tabby sur les pattes, la tête et la queue ; yeux couleur noisette ou jaunes ; poils unicolores.*

Golden (shell et shaded)

Il s'agit là de la version dorée du silver shaded ; la pointe du poil est de couleur foncée alors que le sous-poil présente une nuance abricot. Comment un chaton doré a pu naître du croisement entre un chinchilla à la couleur argentée et un silver shaded ? Cela n'a pas encore été élucidé. Plusieurs hy-

Le golden a une chaude nuance abricot. Ci-dessous : Nektarine du Sommaco, Champion international, femelle golden shaded. Eleveur et propriétaire : Polesel

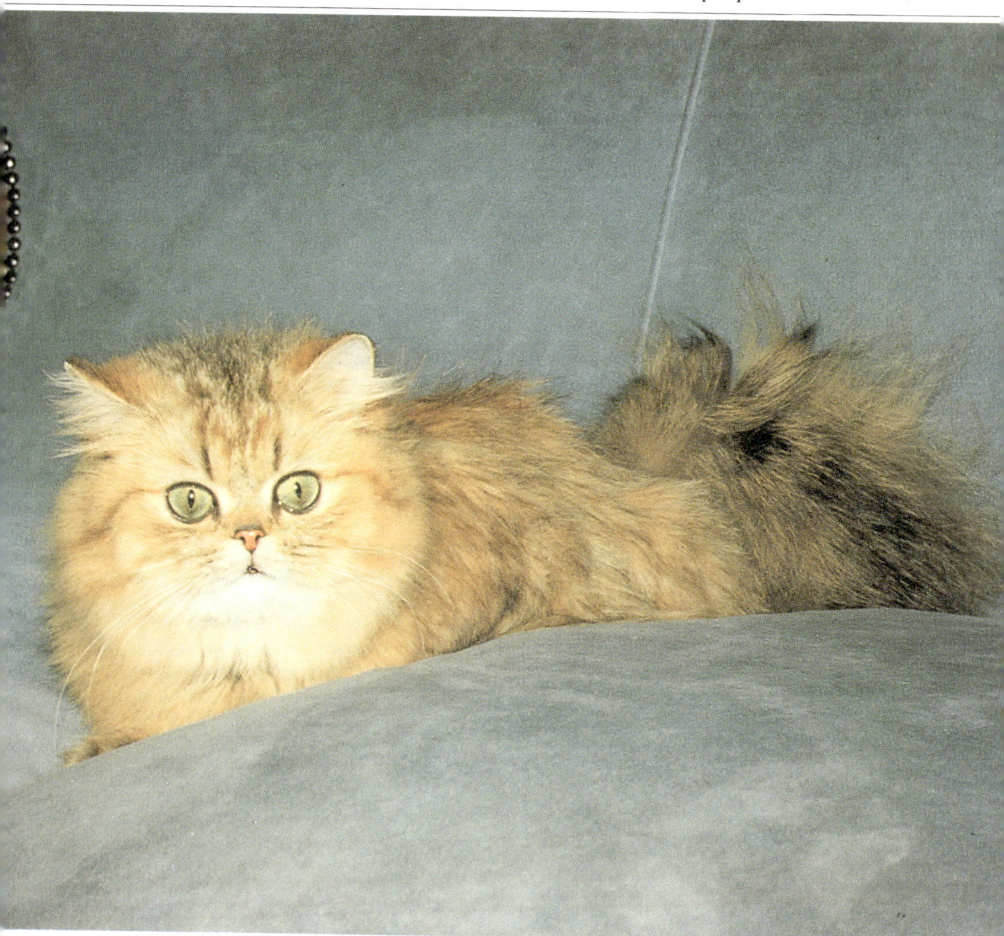

pothèses ont cependant été envisagées : l'association du gène I et du gène abyssin Ta ; les anciennes hybridations avec le brown tabby ; certains font en outre remonter ce phénomène aux temps où il existait ces chats à la couleur étrange appelée « zibeline ».
Ainsi que les somaliens, qui dans un premier temps furent refusés et considérés comme des « erreurs », les golden ont été ignorés pendant plusieurs années. Aujourd'hui, après ces débuts difficiles, cette variété s'affirme enfin, et les éleveurs s'y investissent avec enthousiasme.

Son aspect

Le sous-poil couleur abricot et les pointes marron acajou confèrent à la fourrure du golden une chaude luminosité dorée, sur laquelle se détachent de beaux yeux verts cerclés de noir.

PRINCIPALES CARACTERISTIQUES DU GOLDEN SHELL

Fourrure : *sous-poil couleur abricot sur le dos et sur le museau. Le ton est plus clair sur les flancs, le ventre, le menton et la partie inférieure de la queue. Les joues, le menton et la poitrine sont couleur crème, aussi bien dans des tons clairs que plus foncés. Le* tipping *noir est distribué uniformément sur la tête, les oreilles, les flancs, le dos et la partie supérieure de la queue. L'extrémité de cette dernière est noire. Le museau et les membres peuvent présenter un léger* tipping.

Truffe : *rouge brique cerclée de noir.*

Coussinets : *noirs ou seal.*

Yeux : *grands ouverts et de couleur verte (une couleur bien nette est mieux appréciée) ; les paupières sont soulignées par un trait noir.*

Pour les expositions, sont considérées comme des fautes des marques bien nettes de tabby sur le dos. La préférence sera donnée à un golden dont la fourrure arborera un ton chaud sans marques de tabby.

PRINCIPALES CARACTERISTIQUES DU GOLDEN SHADED

Mêmes caractéristiques que pour le golden shell, mais dans son ensemble ce chat présente une coloration plus foncée.

Smoke

Avec sa fourrure à la couleur fumée, ce chat appartient au groupe dans lequel agit le gène inhibiteur I qui, avec le concours d'autres facteurs, détermine une différente proportion entre la partie en couleur (*tipping*) et la partie blanche ou argentée du poil.

Les persans smoke sont connus et appréciés depuis les débuts de la félinophilie officielle.

En 1872, un écrivain anglais décrivait de la façon suivante un chat vu à une exposition à Brighton : « Sa longue fourrure est constituée de poils blancs à la pointe noire, mais le blanc est difficilement visible si l'on n'écarte pas les poils. »

A droite : Ossian delle Fusa d'Oro, Champion, mâle black smoke. Elevage : Baccolini, propriétaire : Mazzi

Ci-dessous : jeune femelle black smoke. Elevage : Al Chiba à R. Conti Fornara

Il s'agit vraisemblablement de la description d'un smoke ! En 1893, les smoke furent admis aux expositions dans leur propre catégorie, mais la sélection de la variété était assez difficile, et alors qu'en 1900 trente sujets furent inscrits dans les Livres des origines, seulement dix-huit furent enregistrés douze ans plus tard.
Les juges et les éleveurs furent considérablement désorientés par les premiers chinchilla, car à l'époque ils étaient de couleur assez foncée et pouvaient être facilement confondus avec les smoke.
Puis, à cause de la guerre, les sujets avec pedigree se firent rares et les smoke disparurent. Ce fut après la Seconde Guerre mondiale que cette merveilleuse variété réapparut, enrichie de nombreuses et nouvelles couleurs.

Son aspect

L'effet contraste est l'atout majeur du persan smoke ; le pelage, apparemment unicolore, s'ouvre en une merveilleuse tonalité argentée quand le chat est en mouvement. Le museau et les membres sont de couleur foncée, mais la racine du poil est extrêmement claire. La collerette, les flancs et les plumets des oreilles sont dans les tons argentés.
Au cours des premiers mois de vie, il est difficile de distinguer un black smoke d'un persan noir, et pour les reconnaître il faut les avoir vus au moment de la naissance. En effet, le petit smoke présente un léger halo blanc autour des yeux, du menton et du nez. Mais à peine quelques jours plus tard, le poil devient plus sombre et paraît tout à fait noir. A l'âge de trois ou quatre mois le sous-poil clair et la collerette argentée commencent à apparaître, mais ce n'est que bien plus tard que l'on obtient le pelage définitif. Etant donné la constante repousse du poil, le contraste requis par le standard n'est atteint que pendant quelques mois par an.

PRINCIPALES CARACTERISTIQUES

Fourrure : *sous-poil blanc argent avec de longues pointes noires. Lorsque le chat est immobile il ressemble en tout point à un persan noir, mais dès qu'il se met en mouvement on voit apparaître les tons argentés.*

Truffe et coussinets : *noirs ou seal.*

Yeux : *orange ou cuivre.*

Chez les chatons, on remarque souvent des marques tabby ou un contraste inversé, mais tout cela disparaît pendant la croissance.

Il existe différentes nuances : *bleu, chocolat, lilas, roux, crème.*

Nettare delle Fusa d'Oro, mâle red smoke. Eleveur et propriétaire : Baccolini

Penny de Do Diesis, Champion international, femelle écaille smoke. Eleveur et propriétaire : Conti Padovani

PRINCIPALES CARACTERISTIQUES DE L'ECAILLE SMOKE (SHELL TORTIE)

Il existe dans toutes les variétés écaille.

Fourrure : *le sous-poil, la collerette et les plumets des oreilles sont blanc argent. Le* tipping *noir et roux, clair-foncé, couvre 1/8 de la longueur du poil et est harmonieusement distribué sur tout le corps et sur les membres. Une flamme rousse sur le museau est appréciée.*

Truffe et coussinets : *roses ou roses tachetés de noir.*

La variété shaded existe dans ces mêmes nuances (avec un tipping *qui couvre 1/3 de la longueur du poil).*
Dans l'ensemble, ces sujets sont plus foncés que ceux de la variété shell tortie

Caméo

Il s'agit d'une variété obtenue en 1954 aux Etats-Unis par le docteur Rachel Salisbury, grâce au croisement entre sujets smoke et sujets écaille de tortue ou roux. Il en existe trois variétés qui se distinguent par l'intensité et la proportion du pigment roux (phaeomélanine) sur la longueur du poil.

Red Caméo Tabby de l'élevage Al Chiba de R. Conti Fornara

Son aspect

La variété la plus claire est appelée « red shell caméo » et présente des racines blanches et des pointes orange clair.
Dans la variété red shaded caméo, la racine est blanche et les pointes rousses, alors que dans le red smoke le sous-poil est couleur crème et les pointes d'un roux intense.
Outre les dilutions de la variété crème, ont été obtenues également l'écaille de tortue et l'écaille bleu, qui possèdent des racines blanches et des pointes mouchetées de noir ou bleu et de roux ou crème.

PRINCIPALES CARACTERISTIQUES DU RED SHELL CAMEO

Fourrure : *le sous-poil est d'un blanc pur ; le dos, les flancs, la tête, les oreilles et la queue sont marqués par un léger* tipping *roux (1/8 de la longueur). Les membres et le museau peuvent également être ombrés par un léger* tipping. *Le menton, les plumets des oreilles, la poitrine, le ventre, la partie intérieure des membres ainsi que la sous-caudale doivent être parfaitement blancs.*

Truffe et coussinets : *roux.*

Défauts : *reflets marron, poils unicolores ; marques tabby ou anneaux sur la queue.*

Pour le persan crème shaded caméo, les caractéristiques sont les mêmes que précédemment dans une nuance diluée.

PRINCIPALES CARACTERISTIQUES DU RED SHADED CAMEO

Robe : *le sous-poil est d'un blanc pur, avec un* tipping *roux qui doit couvrir 1/3 de la longueur totale du poil. Sont admis des anneaux ouverts le long des membres ; un* tipping *bien marqué caractérise le museau et la partie supérieure de la queue.*

En ce qui concerne le reste, le standard est le même que pour le red shell caméo, mais dans son ensemble la coloration du chat doit être plus foncée.

Pour le persan crème shaded caméo, les caractéristiques sont les mêmes que précédemment dans une nuance diluée.

Troisième groupe

Colourpoint

Colourpoint

Créer un persan possédant l'élégante pigmentation du chat siamois a été le rêve de tous les pionniers de l'élevage félin. Au cours de la première moitié de ce siècle, les éleveurs britanniques et américains ont travaillé avec acharnement et dans le plus grand secret, chacun dans l'espoir d'obtenir le premier cette variété.
La première tentative dans ce sens, nous la devons à un Suédois, le docteur Tjebbs, qui en 1924 croisa un siamois avec une femelle blanche à poil long ; mais cette première hybridation n'eut pas de suite.
A la même époque, aux Etats-Unis, le docteur Coob et le docteur Keeler, deux chercheurs de la Harvard Medical School, intéressés par la transmission des caractères héréditaires, croisaient des siamois avec des persans noirs, des smoke, des tabby et des silver. Ils travaillèrent exclusivement sur des chats dont ils connaissaient parfaitement la généalogie et après une première génération à poil court, en croisant entre eux les rejetons, ils obtinrent des chats à poil long dans différentes nuances de couleurs. L'un de ces petits, une femelle noire, fut croisée avec son propre père et de cette union naquit enfin une femelle à poil long présentant la pigmentation caractéristique des siamois. Cela se passait en 1935 et cette femelle fut appelée « Débutante ».

Platoon de S. Polo of Japarul, mâle seal point. Propriétaire : L. Rossi

A la même époque en Angleterre, les éleveurs effectuaient le même genre de croisements, et l'intérêt pour les nouvelles variétés était si grand que fut fondé un club de recherches appelé Experimental Breeder Club. Mais la Deuxième Guerre mondiale ne permit pas la poursuite des recherches.

Ces expériences furent également momentanément interrompues aux Etats-Unis, car au fond, l'intérêt des chercheurs de Harvard était purement théorique. On perdit la trace de « Débutante » mais non de son patrimoine génétique, car elle l'avait transmis à ses petits.

Entre-temps, en Angleterre, les hybrides se reproduisaient librement et c'est ainsi qu'en 1947 Brian Stirling Webb, un éleveur de siamois, se trouva en possession d'une femelle à la longue fourrure et aux couleurs contrastées. Il décida donc de reprendre le travail de recherche et mit au point un programme de sélection en fonction de la chatte en question.

Ce fut un travail long et méthodique qui nécessita le concours de

Maquillage de S. Polo, femelle seal tabby point. Elevage : L. Rossi

nombreux sujets et qui ne demanda pas moins de huit ans d'efforts. Webb travaillait par croisements successifs entre chats de la même famille et au fur et à mesure obtenait des résultats de plus en plus intéressants.

En 1955, le GCCF reconnut officiellement la nouvelle variété et trois ans plus tard, au cours d'une exposition au Kensington Kitten and Neuter Club, un colourpoint fut primé et reçut le Best in Show.

Entre 1958 et 1961, l'ensemble des associations américaines reconnut la variété sous l'appellation de « himalayan » (himalaya), alors que la France et l'Allemagne, qui avaient également atteint un niveau avancé dans la sélection, appelaient ces chats du nom de « kmer ». Pour en améliorer le type (car les premiers sujets avaient une morphologie résolument siamoise), les éleveurs continuaient les croisements avec des persans unicolores et surtypés. Malheureusement, ce genre d'hybride comportait l'éclaircissement du bleu de l'iris des chats à gène himalaya.

Aujourd'hui, au bout de nombreuses et laborieuses sélections, les éleveurs ont obtenu le colourpoint idéal au nez minuscule et aux grands yeux bleus.

Son aspect

Le standard de la FIFe exige une parfaite homogénéité de la couleur, autant dans ses parties claires que dans ses parties foncées : ceci implique de nombreux problèmes pour les éleveurs car dans le pelage des colourpoint on remarque souvent des nuances ombrées sur le ventre et sur les flancs. Cet effet est produit par une particulière sensibilité à la température, ce qui provoque une vascularisation différente selon les parties du corps : il s'agit là d'un trait caractéristique des sujets à gène himalaya. L'âge du chat peut également générer ce genre de problème, car l'accumulation de tissus sous-cutanés chez l'animal adulte détermine une altération de la vascularisation.
La queue est souvent de couleur plus claire que le reste du corps à cause de l'effet isolant dû à la longueur du poil.
Les petits naissent de couleur blanche, mais à peine une dizaine de jours plus tard les premières marques apparaissent : d'abord une mince bordure autour des oreilles, puis sur le nez et les coussinets, et en dernier lieu sur la queue. La couleur définitive ne sera au point que quelques mois plus tard. Alors que le chaton n'est pas pourvu d'un poil très abondant, il peut atteindre douze centimètres de longueur chez le sujet adulte. Le poil du colourpoint ne doit jamais être coupé car la repousse serait foncée et nécessiterait beaucoup de temps avant de se fondre dans le reste du poil.

PRINCIPALES CARACTERISTIQUES DU COLOURPOINT

Les couleurs sont : *seal, bleu, chocolat, lilas, roux, crème, écaille seal, écaille bleu, écaille chocolat et écaille lilas.*

Pour toutes les variétés : *les marques concernent le masque, les oreilles, les membres et la queue. Très important, un contraste bien net doit être présent entre les marques et le reste du corps, ces marques étant de couleur homogène.*
La couleur du corps s'éclaircit légèrement sur la poitrine et le ventre. Les yeux sont d'un bleu foncé.

Sont considérés des défauts et donc pénalisés les taches ou doigts blancs, les poils clairs sur le masque (qui ne doit pas couvrir la totalité de la tête), et tout ce qui rappelle la morphologie du siamois.

Lucilla de Re Sargon, Champion international, femelle seal tortie point. Elevage : Piva, propriétaire : Righi

Play Boy de Rossomarengo, mâle red point. Eleveur et propriétaire : Porello

Quatrième groupe

Tabby

Tabby

La langue anglaise a adopté le terme « tabby » pour indiquer un chat tigré ou bien à la robe marbrée. Ce mot trouve ses origines dans le nom d'un ancien quartier de la ville de Bagdad, « Attibya », qui est célèbre pour sa production de soies moirées, dont le motif rappelle celui de la fourrure de ces chats.

A l'exposition du Crystal Palace de Londres, furent présentés de nombreux chats tabby à poil long, dans les nuances argent et bleu. Quelques temps plus tard, les éleveurs parvinrent à obtenir également de chaudes tonalités brunes, et le persan Birkdale Ruffin fut le premier brown tabby à être mentionné dans le Livre des origines. Né en 1895 dans l'élevage de Madame Southam, il reçut de nombreux prix spéciaux et fut le vainqueur de plusieurs manifestations. Mais pour le public, toujours attiré par l'exotisme, la fourrure du tabby rappelait de trop près celle du chat commun et les éleveurs, attentifs aux goûts de leur clientèle, choisirent de concentrer leurs efforts vers la sélection de chats unicolores : les tabby disparurent des programmes d'élevage et des expositions.

Ce n'est qu'au cours de ces dernières années que les tabby ont retrouvé leur juste place dans les élevages et ils sont aujourd'hui sélectionnés dans toutes les colorations, aussi bien solides que diluées.

Son aspect

La fourrure du persan tabby, dans ses diverses colorations, existe en trois variantes : « blotched » (avec de grandes taches et des rayures), « mackerel » (avec de petites taches rondes) et tigré (avec rayures). A la naissance, le pelage est très sombre dans la partie supérieure du corps et c'est seulement dans la partie inférieure que l'on retrouve les tons argent et ivoire.
Chez le chaton, le duvet, touffu et doux, brouille le dessin qui ne sera visible qu'avec le pelage définitif, à partir de l'âge de six mois.
Dans la variété silver tabby, la base du dessin et le sous-poil doivent être extrêmement clairs, presque blancs, alors que dans les autres variétés le ton de base est l'ivoire.
Les écailles tabby doivent présenter une jolie distribution des couleurs, aussi bien sur les marques que tout le long du corps.
Le nez des chatons est entièrement noir à la naissance, mais il s'éclaircira progressivement pendant la croissance jusqu'à atteindre la caractéristique coloration rouge brique. Les paupières semblent maquillées d'un trait de

Pandora delle Fusa d'Oro, femelle silver tabby. Elevage : G. Baccolini, propriétaire : Buttà

crayon noir et le bord labial est également pigmenté. En ce qui concerne les yeux, la couleur verte est reconnue aussi bien que l'orange, dans le cas de plusieurs variétés.

PRINCIPALES CARACTERISTIQUES DU BLOTCHED BROWN TABBY

Fourrure : *le dessin est identique à celui du silver tabby ; les rayures sont noires mais la couleur du corps est d'un lumineux brun doré marqué par un* tipping *noir.*

Truffe : *rouge brique cerclée de noir.*

Coussinets : *noirs ou seal.*

Yeux : *orange foncé ou cuivre, paupières cerclées par un trait noir.*

Défauts : *en exposition, le CAC n'est pas attribué aux sujets présentant un sous-poil gris ; le menton et l'extrémité de la queue trop clairs ou blancs ; poils blancs dans les parties noires du pelage.*

Il existe plusieurs variétés : *bleu tabby, chocolat tabby, lilas tabby, red tabby.*
Chaque variété peut présenter les trois dessins tabby.

Le dessin tabby chez les persans est souvent un peu confus à cause de la longueur du poil. Ci-dessous : Gemenee Moonflower, Champion international, femelle brown tabby spotted. Elevage : Huey, propriétaire : Menichini

Saruk's Sergio, Champion européen, mâle brown tabby. Elevage : Benson, propriétaire : Renzenigo

PRINCIPALES CARACTERISTIQUES DU SILVER TABBY

Il existe plusieurs variétés de silver tabby : bleu silver tabby, chocolat silver tabby, lilas silver tabby.

Fourrure : *argent pur avec un effet contrasté dû au tipping noir. Le dessin en noir doit être large et très nettement défini. La queue et les membres présentent des anneaux bien réguliers. Sur la poitrine, deux lignes continues marquent un double collier. Le contraste de couleurs dessine un M sur le front, deux ou trois spirales sur les joues et une brève ligne courbe prolongeant l'angle extérieur de l'œil. Des rayures rectilignes partent du sommet de la tête vers les épaules en dessinant, par des lignes circulaires, la silhouette d'un papillon. Trois rayures traversent le dos et longent l'épine dorsale : les trois sont noires et nettement séparées entre elles par la couleur argentée du corps. Sur les flancs, et de manière symétrique des deux côtés, des taches grandes et petites se dessinent nettement. La poitrine et le ventre sont parsemés de petites taches rondes.*

Truffe : *rouge brique cerclée de noir.*

Coussinets : *noirs ou marron ; noire la face plantaire des membres postérieurs.*

Yeux : *verts, soulignés d'un trait noir.*

Défauts : *toute trace de marron ainsi que d'autres nuances.*

Pour les silver tabby toutes les colorations sont reconnues ; les caractéristiques sont les mêmes avec, comme seule variante, de différentes nuances de couleur.
Les sujets aux yeux orange sont également reconnus.

Happy Tamara's M. Hollywood, femelle chocolat tabby tigré. Propriétaire : Carletti

Ci-dessus : Trebar's Jack O' Lantern, Champion international, mâle red tabby. Elevage : Travathan, propriétaire : M. Lo Savio

Shalimar Queen Bluette, femelle bleu tabby blotched. Elevage : Ortolani, propriétaire : Barral

Une variété particulière : l'exotic

Cette variété est un cas à part, étant donné qu'elle est issue de croisements entre persans et chats à poil court.
Des croisements de ce genre ont été effectués de manière expérimentale en Grande-Bretagne et aux Etats-Unis.

De l'hybride à la véritable race

En Angleterre, après la Deuxième Guerre mondiale, on avait eu recours à des croisements avec ce type de chats pour rendre plus robuste le british. A la même époque, un certain nombre d'éleveurs américains, ayant remarqué que le public préférait l'« american shorthair » (chat américain à poil court) quand il avait un plus petit museau et de petites oreilles, commencèrent à croiser cette race avec des persans.
Mais, de cette façon, la race risquait de perdre son patrimoine génétique et en 1966 la CFA, la plus importante association félinophile américaine, prit la décision de créer une classe à part pour ces hybrides et de les appeler « exotic shorthair ».
Un long travail fut entamé pour améliorer la nouvelle race et différentes hybridations furent expérimentées. Afin d'obtenir une structure physique plus massive, on utilisa le burmese pour sa tête ronde, l'ample poitrine et son corps tassé. On s'aperçut néanmoins au bout de quelque temps, que le gène burmese n'était pas le

Roger Rabbit et Red Fox del Gazebo, mâles exotic red tabby. Elevage : Gazzani

plus adapté et la sélection fut donc restreinte aux seuls sujets issus des persans ou des américains et, bien entendu, des exotic eux-mêmes.
Dans un premier temps, aux Etats-Unis, les british étaient assimilés aux exotic, car ils avaient également du sang persan et étaient beaucoup plus proches du type recherché que les chats américains. A remarquer au passage le fait qu'aux Etats-Unis l'acceptation du british en tant que race à part entière est tout à fait récente.
Jusqu'en 1990, dans tous les pays adhérents à la FIFe, les exotic participant aux expositions étaient en compétition avec les autres races à poil court.
Au cours de l'assemblée générale internationale de la FIFe en mai 1990, furent adoptées des mesures différentes et plus logiques, selon lesquelles les races félines allaient être regroupées en fonction de la morphologie et non pas de la longueur du poil ; par conséquent les exotic furent rattachés au groupe des persans, lequel comprend aujourd'hui des animaux à poil long ou court dans une catégorie appelée « chats à type et structure persans ».

Jovan Charlie Brown, mâle exotic brown tabby tigré. Elevage : Lordith, propriétaire : La Macchia

Son aspect

La description morphologique de l'exotic est analogue à celle du persan, car le standard des deux races est le même avec comme seule différence la longueur du poil.
Alors qu'au fil des sélections le persan a acquis un dense sous-poil qui est l'une de ses caractéristiques les plus spectaculaires, avec la texture et la longueur des poils dominants, dans l'exotic on retrouve un pelage intermédiaire un peu plus long que les autres poils courts, mais tout aussi compact, dense et laineux.
Il s'agit d'un chat plutôt massif pourvu de membres robustes et d'un corps plutôt tassé, puissant et fort. La tête est grande, ronde, et dépourvue de la collerette caracté-

PRINCIPALES CARACTERISTIQUES

Fourrure : *dense, à la texture soyeuse ; l'épaisseur du sous-poil maintient le poil bien droit et détaché du corps. Sa fourrure est légèrement plus longue de celle du british mais pas suffisamment pour être aussi vaporeuse que celle des autres persans.*

ristique des persans. Le museau, plein et joufflu, présente un minuscule petit nez. Même chez les plus beaux sujets, le poil court met en évidence les oreilles, et par conséquent le positionnement de ces dernières est très important. Elles doivent être petites, bien arrondies et placées bas sur le crâne. L'exotic est le chat idéal pour tous ceux qui, sensibles à ce type de morphologie, ne se sentent pas le courage d'affronter les problèmes liés à un pelage long et délicat. Il est de très agréable compagnie, amusant, joueur et affectueux et réunit la douceur et la bonhomie des persans à la vivacité des races naturelles.

Ci-contre : Shalimar Rostropovich, chaton exotic brown tabby blotched. Eleveur et propriétaire : Ortolani

Tête : *ronde, massive, bien équilibrée et avec un large crâne. Les joues sont bien développées et le front bombé ; le nez est petit et le stop court et fort. Les petites oreilles sont légèrement arrondies, bien distanciées et placées bas sur le crâne.*
Le menton est bien développé, les mâchoires larges et puissantes, le cou fort et court.
Les yeux doivent être grands, ronds, brillants, grands ouverts et expressifs.

Corps : *d'une taille moyenne, massif et bas sur pattes, avec une large poitrine et les épaules et le dos bien musclés.*
Membres courts et forts avec des pieds larges et ronds.
La queue, courte et bien fournie par rapport au corps, doit avoir le bout arrondi.

Notions de génétique

Pour comprendre la diversification des couleurs, il est nécessaire de remonter au gène (*agouti*) porteur du caractère sauvage des origines. Tous les félins sauvages possèdent ce gène, lequel détermine une ou plusieurs striures jaune roussâtre sur le pelage noir de base. Sur cette coloration, d'autres gènes ou groupes de gènes (*allèles tabby*) viennent créer des motifs qui se superposent et déterminent des dessins mimétiques qui aideront l'animal sauvage à se camoufler dans la forêt : tabby, tigré, abyssin, blotched et toutes les combinaisons relatives (spotted).
Quand la fourrure est d'une seule couleur, cela signifie que le patrimoine génétique a hérité des deux parents (homozygote) le facteur ou gène « a » (*non agouti*) qui détermine la disparition des striures jaune roussâtre ; celles-ci assument la couleur du reste du pelage, noir ou de toute autre couleur unie.
En revanche, d'un point de vue purement génétique, les striures existent toujours et on peut les apercevoir dans le pelage des chatons au moment de la naissance.

Le noir

Cette couleur est la plus répandue dans toutes les races.
Elle est déterminée par trois facteurs :
- gène B (black) : pigment noir ;
- gène C : il détermine une concentration maximale de la couleur ;

Chaton de vingt jours, blanc avec petite tache génétique. Elevage de Marilù à L. Mattioli

– gène D : il indique la plus grande densité de la couleur.

Les variations de concentration et de densité, dues aux mutations et interactions des gènes C et D dans leurs différentes combinaisons, ont pour effet de créer toute une gamme de couleurs : bleu, chocolat, cannelle et lilas.

Le tabby

Tous les chats sont « tabby » ! La nature s'est amusée à inventer de multiples dessins pour ce petit tigre domestique : *mackerel* (rayures), *spotted* (petites taches rondes), *blotched* (le classique motif marbré). Le mackerel ou tigré est le dessin naturel des origines.

Les pelages marbré et abyssin sont également tabby d'un point de vue génétique. Toute couleur unie, pour pure et délicate qu'elle soit, comportera pourtant des traces tabby : le dessin peut être masqué ou caché mais pas effacé, car chat est synonyme de tabby !

Génétiquement, le tabby est noir, mais les éleveurs ont utilisé des

Détail de la robe silver tabby. Photo Parisato

sujets présentant des polygènes rouges pour donner à la couleur une plus chaude nuance marron. Le gène O (orange) responsable de la couleur rousse, est dominant par rapport au gène B (black) qui détermine la couleur noire ; cela signifie que l'action de ce dernier est complètement masquée par celle du gène O. Par conséquent, en ce qui concerne un chat roux, nous ne pouvons pas savoir si son eumélanine est de couleur noire ou marron.
L'action du gène O aboutit à la conversion en roux de tous les pigments foncés, mais il a besoin de la présence de ces derniers pour pouvoir faire son effet.
Le caractère agouti (striure jaune sur le pelage) ne se manifeste pas

sur les poils roux car la couleur se fond et paraît unie. Il est donc impossible, au premier coup d'œil, de dire si un chat roux est agouti ou non.
Le gène tabby, qui existe tout à fait indépendamment de l'agouti, a pour effet de modifier la couleur des poils roux. Les zones qui correspondent aux marques tabby sont plus sombres alors que le reste du pelage devient plus clair : le résultat est un motif ton sur ton. Le contraste est variable en fonction de l'état de la fourrure et de la pousse du poil. C'est la raison pour laquelle certains animaux d'exposition oscillent toute leur vie entre les deux variétés : « red self » (roux compact) et « red tabby ».
Grâce aux sélections actuelles, la gamme des couleurs de base s'est enrichie d'autres merveilleuses nuances tabby : bleu, chocolat, lilas et crème. L'introduction du gène I (inhibiteur) a généré le groupe des « silver » : silver tabby, smoke, chinchilla.

Le gène inhibiteur

Le gène commun à tous les chats argentés est le gène I, de l'anglais *inhibitor* (« inhibiteur »). Il s'agit d'un gène dominant qui a la capacité d'empêcher la pigmentation

A gauche : portée de silver shaded et golden. Elevage du Sommaco

Le juge examine le dessin du red tabby

Net contraste entre la racine blanche et le tipping roux de la robe : Miel, Champion européen, mâle red smoke. Propriétaire : De Lorenzo

du poil pendant son développement.
L'intensité variable de son action détermine les proportions de couleur par rapport aux parties dépigmentées, et ce type de coloration est appelée *tipping*.
Grâce à des sélections rigoureuses, on a pu décider des proportions des parties dépigmentées : de cette façon ont été obtenus le chinchilla, dans lequel seule la pointe du poil est pigmentée ; le « silver shaded », avec une plus grande partie de couleur ; le « smoke », avec un sous-poil blanc ; le « silver tabby ».
Toute ces variétés ont donc en commun la pointe du poil colorée et la racine claire ; ils ont également un type génétique identique quant à la couleur, alors que l'in-

Toute règle a son exception : écaille de tortue et écaille et blanc... mâles ! A droite : Paradox de Tournesol, mâle blanc-roux, génétiquement écaille et blanc, avec, bien visible sur l'oreille gauche, une petite tache noire ; éleveur et propriétaire : Ferrini. Ci-dessus : Re Tortuca de la Celsa, mâle red tabby pour le pelage mais véritablement écaille sur le pied droit ; élevage : M. Lo Savio, propriétaire : Mucciante

tensité de celle-ci dépend de l'action d'autres polygènes modificateurs.
Les variétés les plus communes sont pourvues du pigment noir, mais il existe également d'autres types de pigmentation : bleu, chocolat et lilas.

Le smoke et le caméo

La fourrure à la nuance fumée est celle dans laquelle le gène inhibiteur I agit avec la plus grande intensité, pendant que le gène non agouti *a* masque totalement le motif tabby.
Le gène inhibiteur I confère une couleur de base blanc argent, alors que le gène *a* détermine un haut degré de pigmentation.

Le résultat est un poil à l'extrémité pigmentée, qui sera plus ou moins longue selon l'intervention d'autres facteurs modificateurs.
L'introduction du gène *d* (« dilué ») a permis d'obtenir des variantes à la pointe couleur crème.
L'écaille de tortue, qui est une variété naturelle, présente des racines blanches ainsi que des pointes parsemées de noir, roux et crème.

L'écaille de tortue et l'écaille bleu

De ces deux variétés naissent quasi exclusivement des sujets femelles.
Cette particularité est due à deux lois génétiques intimement liées entre elles.
La première concerne la détermination du sexe qui, chez le chat comme dans d'autres organismes, prévoit l'action d'un couple de chromosomes dits « sexuels », différents dans le mâle et dans la femelle ; chez cette dernière ce couple est constitué de deux chromosomes identiques : XX, alors que chez le mâle nous trouvons XY.
La deuxième loi génétique concerne la dépendance du gène O (qui détermine la couleur rousse) du chromosome X. De récentes études ont montré que le gène O et ses allèles (gènes mineurs dont dépendent diverses manifestations du même facteur) sont situés dans une partie du chromosome X.
Le gène O manifeste son action par ses deux allèles, que l'on indique avec la lettre O majuscule s'il s'agit de celui qui modifie la couleur rousse du pelage, et avec un o minuscule pour celui qui maintient la couleur noire d'origine du pelage sauvage.
La fourrure écaille de tortue, qui présente des taches de couleur rousse et noire, nécessite l'action des deux allèles O et o. Par conséquent, étant donné que le gène O se trouve dans le chromosome X, deux de ces chromosomes seront nécessaires pour obtenir un pelage écaille : d'où le sexe féminin des sujets.
Ce même principe génétique est également valable pour les chattes écaille bleu, car cette coloration n'est autre qu'une dilution du ton écaille.
Les rares mâles dans ces deux variétés sont généralement stériles et naissent suite à d'imprévisibles mutations au niveau des chromosomes. De toutes façons, leur phénotype comporte rarement un pelage semblable à celui des femelles : dans la plupart des cas, l'anomalie au niveau de leur patrimoine génétique se manifeste par de petites taches écaille sur une fourrure de couleur unie.

Mercure, Grand champion, mâle silver tabby aux yeux orange. Elevage : Baral, propriétaire : Torrengo

Le bicolore et le tricolore

Dans les fourrures blanches qui présentent des taches d'autres couleurs contrastantes, la proportion du blanc peut être extrêmement variable. Le gène S est responsable des taches blanches mais il ne présente aucune similitude génétique avec le facteur W qui, lui, détermine un pelage entièrement blanc.

Il s'agit d'un gène assez particulier, dominant mais pas tout à fait, car il peut être influencé par un certain nombre de gènes modificateurs. Son action peut être modérée, comme dans le cas des bicolores (1/3 de blanc et 2/3 de couleur), ou extrême comme chez les persans à motif turc (entièrement blancs avec un peu de couleur sur la tête et la queue).
En ce qui concerne la distribution

Little Bear de Villafranca, Champion européen, mâle silver shaded aux yeux verts. Elevage : Ricci

Natalina del Fiore Nero, femelle écaille de tortue aux yeux orange. Elevage : Burani

Neutre Miel, Champion européen, mâle red smoke aux yeux orange. Elevage : Cestarelli, propriétaire : De Lorenzo

Trebar's Kali, Champion, femelle noire aux yeux orange. Elevage : Trevathan, propriétaire : M. Lo Savio

des taches, le bicolore doit ressembler à un chat qui serait tombé dans un pot de peinture blanche : entièrement blanc dans toutes les parties inférieures du pelage. Le bicolore idéal doit présenter également une large tache de couleur sur le dos et un joli collier blanc.
La fourrure du persan « arlequin » présente en revanche une proportion et une disposition de la couleur tout à fait différentes. Les taches de couleur doivent couvrir au moins 1/6 mais pas plus que le 1/3 de sa surface totale et, de préférence, doivent être nettement séparées entre elles par la couleur blanche.
Quand le gène S se manifeste à son degré maximal, il en résulte un chat van, au corps entièrement blanc et aux extrémités pigmentées : la queue, la tête et quelques taches sur les membres.
L'interaction des gènes S et O détermine une nette séparation du roux et du noir en taches grandes et bien définies sur le fond blanc ; il s'agit là de l'écaille et blanc, que les américains appellent « calico ». Grâce à l'effet d'autres gènes de dilution de la couleur, on obtient l'écaille et blanc dilué (écaille bleu et blanc), l'écaille et blanc chocolat et l'écaille et blanc lilas.
Sur le museau des bicolores ou des tricolores il est très fréquent de remarquer un très joli V blanc inversé, ainsi que d'autres genres d'effets de contraste : gouttes blanches sur fond de couleur, le menton entièrement blanc ou encore une moitié du museau en couleur et l'autre blanche. Tout cela contribue à dessiner les expressions les plus diverses sur le museau de l'animal.

Le gène siamois ou himalayan

Le terme « siamois » (ou himalaya) ne désigne pas seulement une race ou une couleur, mais également un gène, le gène C, que nous retrouvons dans les chats sacrés de Birmanie, les siamois, les balinais, les colourpoint et en général dans toutes les races caractérisées par une coloration claire sur tout le corps et foncée aux extrémités (nez, oreilles, queue et membres).
Ce gène était connu des naturalistes et zoologistes pour l'effet de pigmentation qu'ils avaient observé sur la fourrure d'une race de petits lapins appelée justement « himalayenne ».
Chez les chats, ce gène existe depuis au moins 400 ans, comme en témoignent d'anciens manuscrits thaï qui se trouvent à la bibliothèque nationale thaïlandaise de Bangkok. Sur les longues bandes en papyrus sont dessinés, avec beaucoup de sensibilité et de précision, de nombreux animaux parmi lesquels dix-sept races de chats dont un magnifique siamois.

Nil, Grand champion, mâle blanc aux yeux vairons. Elevage : Lanzoni, propriétaire Marini

Le gène siamois est une variante du gène albinos, et il est récessif, ce qui signifie qu'il se manifeste uniquement quand il est présent chez les deux parents. Il codifie une enzyme qui n'est capable de synthétiser la mélanine qu'à des températures relativement basses ; par conséquent les chats porteurs de ce gène présenteront un pelage plus clair sur les parties les mieux vascularisées (donc plus chaudes) et plus foncé sur les autres parties. La couleur de l'iris sera également fonction de ce phénomène et pourra donc être plus ou moins intense, tout comme celle des extrémités ; les « seal point » auront les yeux d'un bleu plus foncé que les variétés à la coloration diluée.

CYCLE DE REPRODUCTION

Tableau[1] génétique des couleurs lors d'une première génération

Père	*Mère*	*Chatons mâles*	*Chatons femelles*
Noir	noir	noir, bleu	noir, bleu
	bleu	noir, bleu	noir, bleu
	crème	roux, crème	tortue, écaille bleu
	roux	roux, crème	tortue, écaille bleu
	tortue	noir, bleu, roux, crème	noir, bleu, tortue, écaille bleu
	écaille bleu	noir, bleu, roux, crème	noir, bleu, tortue, écaille bleu
Bleu	noir	noir, bleu	noir, bleu
	bleu	bleu	bleu
	roux	roux, crème	tortue, écaille bleu
	crème	crème	écaille bleu
	tortue	noir, bleu, roux, crème	noir, bleu, tortue, écaille bleu
	écaille bleu	bleu, crème	bleu, écaille bleu
Roux	noir	noir, bleu	tortue, écaille bleu
	bleu	noir, bleu	tortue, écaille bleu
	roux	roux, crème	roux, crème
	crème	roux, crème	roux, crème
	tortue	noir, bleu, roux, crème	roux, crème, tortue, écaille bleu
	écaille bleu	noir, bleu, roux, crème	roux, crème, tortue, écaille bleu
Crème	noir	noir, bleu	tortue, écaille bleu
	bleu	bleu	écaille bleu
	roux	roux, crème	roux, crème
	crème	crème	crème
	tortue	noir, bleu, roux, crème	roux, crème, tortue, écaille bleu
	écaille bleu	bleu, crème	crème, écaille bleu

[1] Ce tableau prend également en compte les *colourpoint*, considérant que le *seal* correspond à la couleur noire. Pour les bicolores, il suffit de mélanger le blanc à toutes les autres combinaisons de couleurs.

L’anatomie

L’appareil squelettique

La structure osseuse du chat ne présente pas de différences substantielles d’une race à l’autre ; la longueur des membres, le volume de la tête et les proportions du museau sont les seules différences. Font exception le chat de l’île de Man et le bobtail japonais, avec une anomalie au niveau caudal.

Le corps est soutenu par un squelette composé d’environ 288 os, 40 de plus par rapport à ceux de la structure humaine, et la plupart de ce « surplus » se trouve dans la colonne vertébrale.

L’épine dorsale se compose de 51 vertèbres : 7 cervicales, 13 dorsales, 7 lombaires, 3 sacrées et 21 entre coccygiennes et caudales. Les côtes, 13 de chaque côté, sont courtes et robustes. Tout, dans la structure osseuse et musculaire du chat, est conçu en fonction de son dynamisme.

La colonne vertébrale est extrêmement souple et la queue peut bouger dans toutes les directions. Les grandes omoplates libres et les clavicules quasiment inexistantes forment la ceinture scapulaire. A cause d’un ischion plutôt court et d’un pubis important, le bassin se présente avec des os iliaques quasiment à la verticale ; c’est la raison pour laquelle la partie sacrée du dos paraît plus haute.

La tête, bien arrondie, se rattache aux vertèbres cervicales et, tandis que les autres races ont le museau allongé et quasiment triangulaire,

LE SQUELETTE

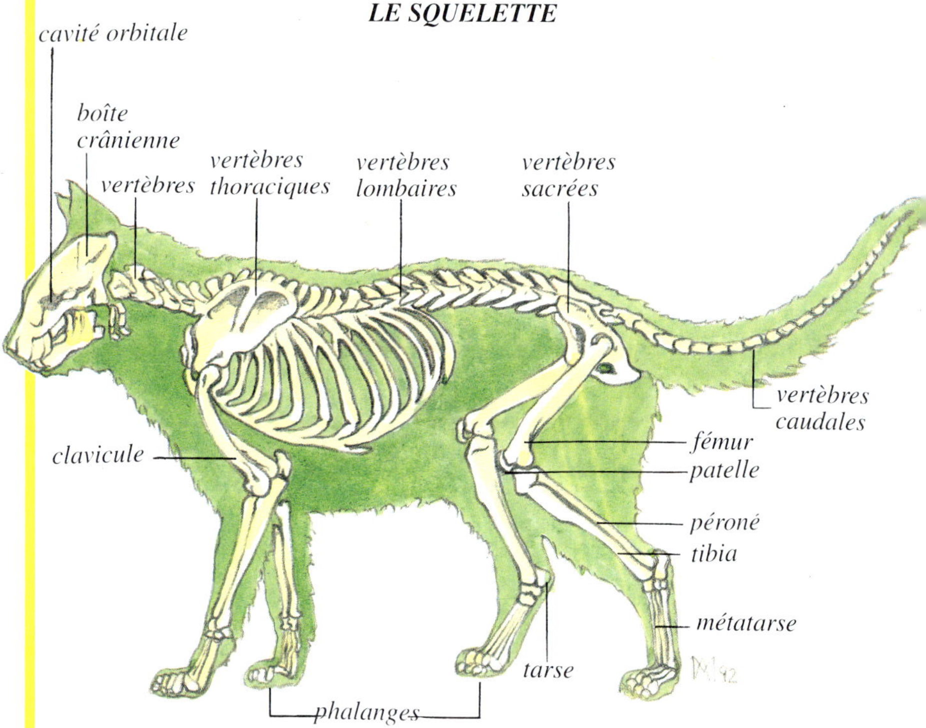

chez le persan les os antérieurs sont plus courts, provoquant ainsi un aplatissement du plan facial. La boîte crânienne est plus large, car la partie frontale est convexe, remonte du point de rattachement de la petite cloison du nez, et son côté bombé laisse une vaste place pour les cavités orbitales.

La mâchoire est large, mais du prédateur des origines elle ne garde plus que la dentition. Les dents sont au nombre de 30 : 12 petites incisives, 4 canines pointues, 10 prémolaires et 4 molaires dites « dents féroces » pourvues d'une couronne dentelée.

Les muscles de la mâchoire sont courts, extrêmement puissants et logés dans d'amples arcs zygomatiques.

Dans le persan, les membres, constitués de rayons osseux, sont plus courts et robustes que dans les autres races et, comme chez l'homme, sont articulés en trois

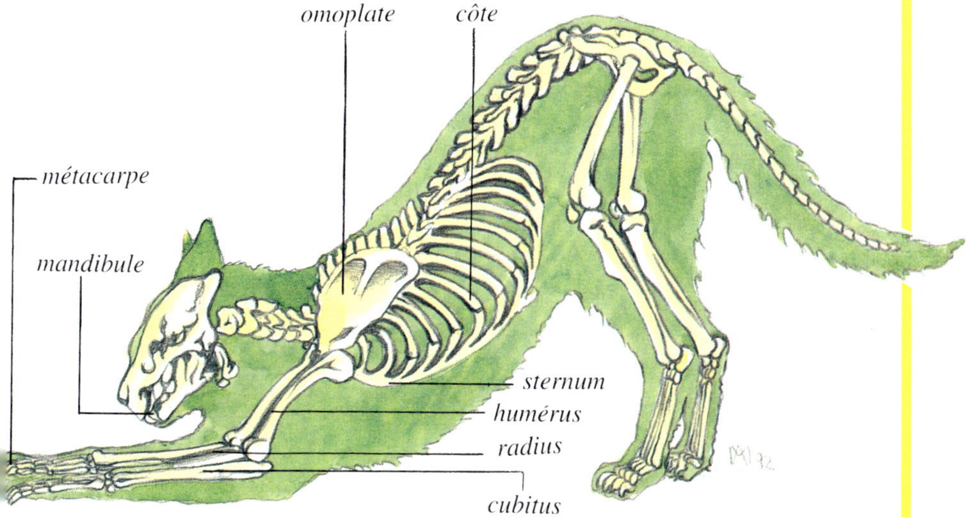
omoplate
côte
métacarpe
mandibule
sternum
humérus
radius
cubitus

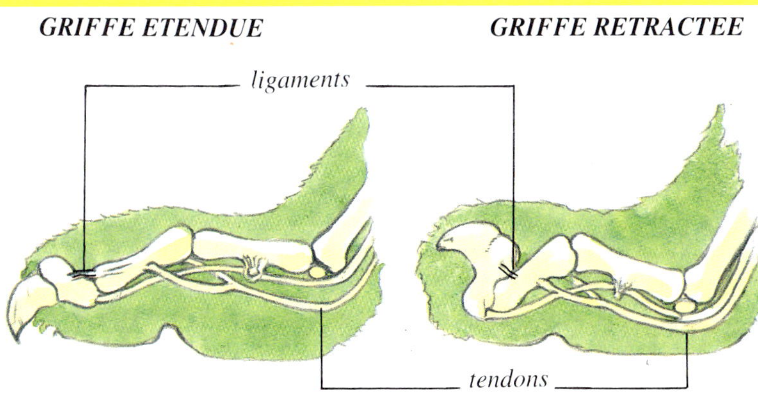
GRIFFE ETENDUE
GRIFFE RETRACTEE
ligaments
tendons

parties. Dans les pattes antérieures, le pied est muni de cinq doigts dont un est situé en hauteur, un peu comme un éperon ; dans les pattes postérieures les doigts sont au nombre de quatre.
Le talon est bien développé mais n'atteint pas le niveau du sol et le chat marche en s'appuyant uniquement sur les doigts, pourvus de doux et souples coussinets. Les griffes du chat sont de véritables armes de défense ou d'attaque ; constituées de kératine, robustes et recourbées, elles sont rétractiles grâce au tendon fléchisseur qui les dégaine ou les rengaine dans une poche de peau située entre les coussinets.

L'appareil musculaire

Le système musculaire est composé de 517 muscles ; chez d'autres animaux, l'axe vertébral est longé par des ligaments, mais chez le chat ceux-ci sont remplacés par de petits faisceaux de muscles directement attachés aux os, ce qui constitue un système de leviers utilisés dans certains mouvements du corps : s'allonger, s'étirer, faire un arc avec le dos ou se lover.

LES MUSCLES

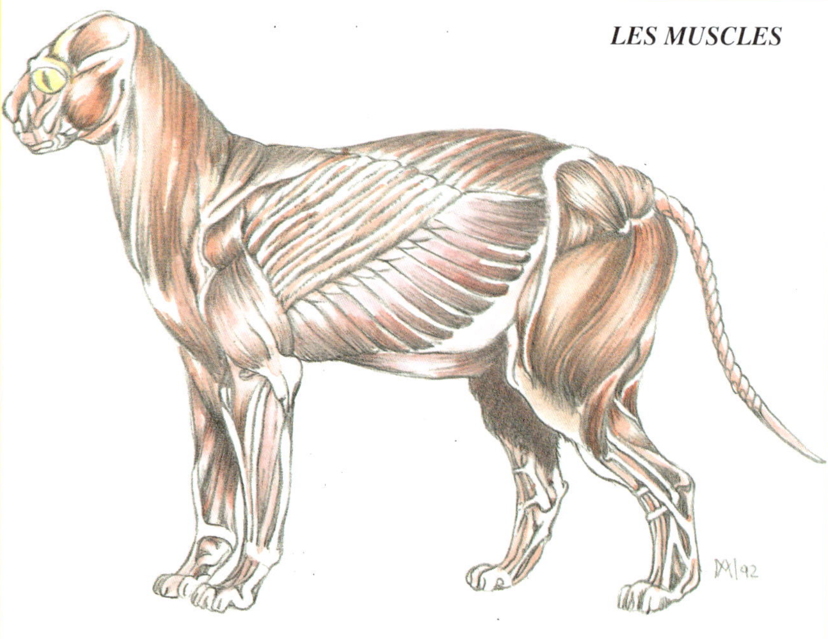

L'appareil digestif

L'appareil digestif est caractéristique des mammifères qui absorbent des calories concentrées : estomac piriforme, côlon large et court, intestins d'environ deux mètres de longueur. Etant donné que la mastication est sommaire, l'assimilation de la nourriture est due essentiellement à l'action de puissants sucs gastriques.

L'appareil respiratoire

Son rythme respiratoire est accéléré : le chat respire avec une fréquence quatre fois supérieure à celle de l'homme. Quand il fait chaud, il utilise la respiration comme un mécanisme de refroidissement, en soufflant la bouche ouverte. La température corporelle est de 38-38,5 °C et le rythme cardiaque de 110-140 battements par minute.

Le pelage

Le chat persan présente trois types différents de poils : poils dominants, poils laineux (sous-poil) et seimes.
Les poils primaires (dominants et seimes), durs et gros, naissent chacun d'un follicule. Les secondaires (sous-poil) poussent par groupes dans de simples ouvertures des follicules. Chez le chat persan, la longueur du poil peut atteindre les 10 centimètres.
Ce phénomène est dû au gène récessif *l* qui se manifeste exclusivement quand il est présent dans le patrimoine génétique des deux parents. Le poil pousse grâce à la multiplication des cellules qui se trouvent à la base du follicule et ce

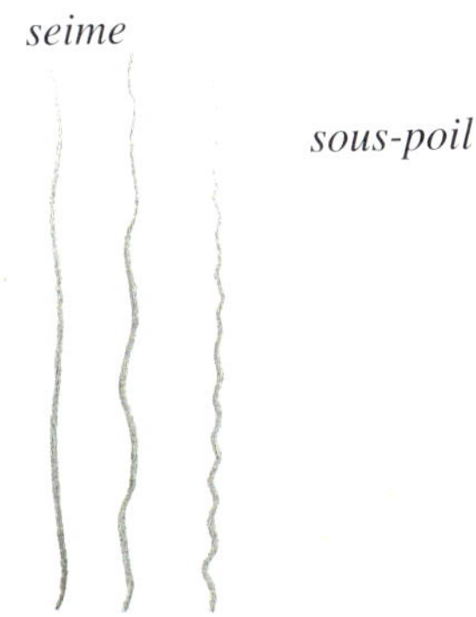

Différents types de poils

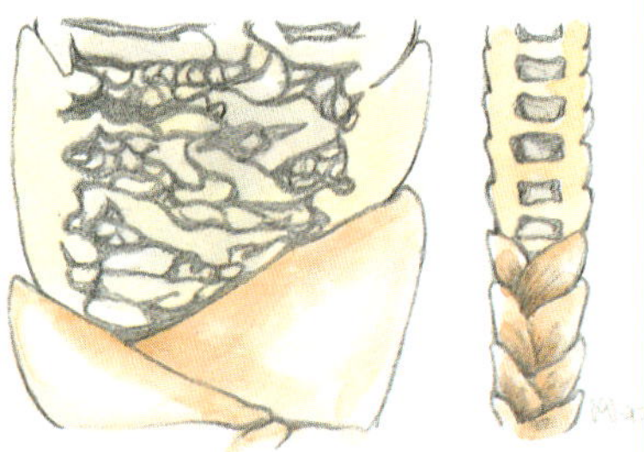

Structure du poil

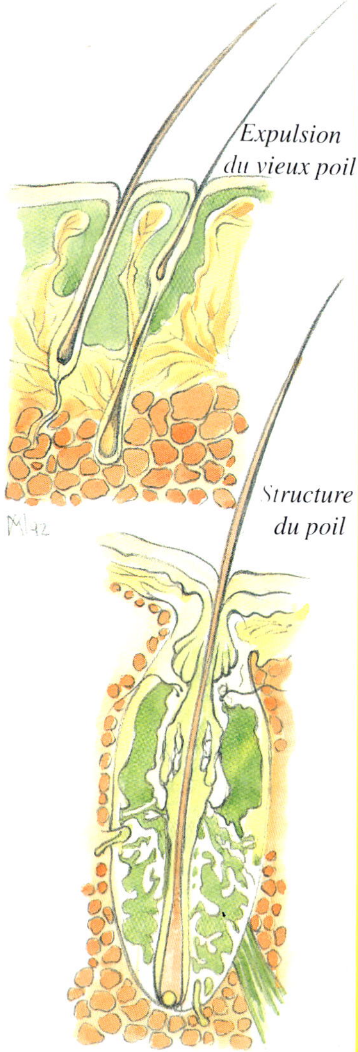

Pendant la mue, le nouveau poil commence à pousser dans le follicule en expulsant l'ancien

phénomène est régi par un rythme précis : la croissance (anagenèse) est suivie de la stase (télogenèse). Le gène *l* a comme effet de prolonger la période de croissance.

Les premiers chats angora avaient un poil dur et mi-long, constitué quasi exclusivement de poils dominants.

Un très long travail de sélection a été nécessaire pour obtenir un sous-poil dense et presque aussi long que le poil dominant.

Les éleveurs qui participent aux expositions pratiquent l'épilation afin d'obtenir une couleur homogène et très claire dans les variétés crème, bleu et écaille bleu ; autrement dit ils éliminent le poil dominant et stimulent ainsi la pousse du sous-poil.

Le toucher

Sur l'ensemble de la peau du chat sont disséminées des terminaisons nerveuses qui réagissent aux stimulations tactiles et transmettent l'information au cerveau.

Les grands récepteurs se trouvent dans le derme et dans la couche de graisse des coussinets plantaires ; la langue en est également pourvue et, en réagissant au chaud et au froid, aide les sens de l'odorat et du goût à reconnaître la saveur des aliments.

La peau glabre n'est pas la seule source de sensations tactiles. En

effet, les follicules du poil sont également dotés de récepteurs tactiles, lesquels, grâce à un système de détection à courte distance, ne nécessitent même pas de contact cutané.
Ce système est particulièrement actif dans les moustaches et les vibrisses et cela permet au chat une grande liberté et désinvolture dans les mouvements, même dans le noir le plus complet. Le chat est moins sensible à la chaleur que l'homme et si celui-ci réagit douloureusement à une température supérieure aux 44 °C, le chat ne semble souffrir qu'au-delà des 52 °C.
Sa sensibilité à la douleur est variable d'un sujet à l'autre et elle est difficilement comparable à celle des humains, mais elle est moins aiguë que chez ces derniers.

L'odorat

Comme chez tous les autres animaux, le nez, humide et froid, noir ou rose selon la couleur du chat, est l'organe de l'odorat ; mais ce sens n'est jamais aussi déterminant que chez ce petit félin, quand il s'agit d'activer d'autres sens et d'autres mécanismes physiologiques.
Même affamé, le chat ne s'approchera d'un bol de nourriture que si l'odeur l'y attire et il n'accordera son amitié et sa confiance à qui que ce soit, animal ou humain, s'il n'en apprécie pas l'odeur.
L'odorat, ainsi que le goût, est déterminant dans le processus d'identification des substances : les récepteurs qui se trouvent dans la bouche et dans le nez transmettent au cerveau les indications relatives à la nature chimique de la substance qui les a stimulés.
Essentiel dans ce processus est un petit organe appelé « organe de Jacobson ». A mi-chemin entre le goût et l'odorat, il est constitué d'une minuscule poche à la forme allongée qu'un canal étroit relie au palais. Cette poche est stimulée par les odeurs des substances chimiques, que la langue recueille et lui transmet en s'appuyant contre le palais. L'organe de Jacobson fonctionne en transmettant l'information à l'hypothalamus, partie du cerveau où sont logées d'importantes fonctions végétatives. Celui-ci exerce une fonction de contrôle sur l'hypophyse et par conséquent agit sur la vie sexuelle : c'est par ce biais que des mécanismes sexuels peuvent être stimulés par une simple excitation olfactive. Ce même organe de Jacobson remplit également une fonction d'archivage des odeurs et des sensations qui s'y rapportent. L'attitude caractéristique du chat prenant un air pensif, reniflant l'air, le cou étiré, rétractant légèrement la lèvre supérieure, nous signifie que le petit « ordinateur » félin est en action.

Quand elle est en chaleur, la femelle sécrète par les glandes sudoripares aprocrines une odeur particulière, apte à informer le mâle de son état.
Sur les tempes, le menton et au point d'attache de la queue, existent d'autres glandes sébacées qui sécrètent des odeurs spécifiques, et le frottement de la tête contre les meubles de la maison ou les personnes a pour but de déposer les effluves des glandes pariétales.
L'inspection à laquelle le chat nous soumet, quand il renifle chaque objet à notre retour à la maison, correspond à un interrogatoire sur nos activités.
Les urines sont utilisées par le mâle comme un appel sexuel, ou encore pour délimiter un territoire afin que ces traces odorantes empêchent l'intrusion d'autres mâles. Il n'est pas rare de constater l'utilisation de ce même système par des femelles.

Le goût

Parmi les quatre saveurs fondamentales, le sucré, le salé, l'amer et l'acide, les chats, selon un lieu commun, ne seraient pas capables d'apprécier le premier. Personnellement, je ne partage pas cette conviction, car j'ai toujours constaté des réactions différentes selon que la nourriture soit édulcorée ou pas.
Certains chats aiment beaucoup le goût sucré, adorent les crèmes et crèmes fraîches et apprécient une goutte de miel dans le lait. Il est très intéressant de les observer pendant qu'ils boivent leur lait dans une petite assiette : la langue est longue et musclée, et si souple qu'en lapant des liquides elle peut prendre la forme d'une petite cuiller. Le chaton nouveau-né arrive déjà à l'enrouler complètement autour de la tétine maternelle.
La langue, en son centre, est recouverte par de minuscules papilles kératinisées dépourvues de récepteurs gustatifs, et qui font office de brosse pendant la toilette. Les grandes papilles gustatives se trouvent en revanche sur la pointe, sur les côtés et sur le fond de la langue.
L'interaction de l'odorat et du goût est un facteur de première importance qui détermine souvent les choix alimentaires du chat, dès les premiers mois de sa vie.
En vieillissant, les capacités olfactives diminuent et il s'ensuit un amoindrissement de l'appétit.
Des maladies à caractère viral de l'appareil respiratoire peuvent également amoindrir l'odorat et par conséquent provoquer l'inappétence.

L'ouïe

L'univers sonore du chat est autrement plus vaste que celui de l'homme. On pourrait croire que

rien n'échappe à son champ visuel, mais en réalité ce sont les bruits qui lui signalent le moindre mouvement, car aucun n'est parfaitement silencieux.
Ses oreilles sont constituées d'environ 30 muscles qui permettent aux pavillons auriculaires de fonctionner comme des récepteurs, capables de s'orienter très rapidement en direction du bruit et d'en localiser la source.
Comme chez l'homme, l'oreille est munie de terminaisons nerveuses qui, par leurs indications, aident le cerveau à sentir la position du corps dans l'espace, et qui collaborent ainsi au maintien de l'équilibre.
Avec l'âge, les chats sont enclins à une certaine surdité, mais l'odorat et leur hypersensibilité aux vibrations peuvent compenser cette carence.

La vue

Le biologiste allemand Eric Murr, au cours de ses études à l'université de Königsberg, fut capable de mesurer, il y a déjà cinquante ans, la sensibilité de l'œil du chat à la lumière.
Une source lumineuse extrêmement faible, telle par exemple une étoile à peine visible à l'œil nu, est clairement perçue par la rétine du chat car sa sensibilité visuelle est quarante fois supérieure à celle de l'homme.
Cette supériorité est due à la particularité du tissu constituant la partie postérieure de la rétine : des cellules iridescentes capables de refléter en l'amplifiant la luminosité reçue de l'extérieur.
L'appellation scientifique de ce tissu à la couleur métallique et verdâtre est *tapetum lucidum*.
Ce tissu est responsable de la phosphorescence des yeux des chats ainsi que de ceux d'autres prédateurs.
Contrairement à l'homme, l'œil du félin est doté de cellules photosensibles aux rayons infrarouges et aux rayons ultra-violets ; par conséquent, dans la nuit, sa vision est nettement supérieure à celle des humains.
La capacité du chat à distinguer ou non les différentes tonalités chromatiques n'a pas encore été mise au point.
Chaque œil renvoie une image à l'un des hémisphères du cerveau ; la comparaison des deux permet à l'animal de percevoir la distance et le relief des objets. Cette perception est légèrement inférieure à celle de l'homme mais nettement supérieure à celle des autres mammifères.
Les yeux des chatons restent fermés au cours des 8-10 premiers jours de vie et ce n'est qu'après trois mois qu'ils acquièrent une parfaite capacité visuelle.
Il n'est pourtant pas si rare de constater une mauvaise perception visuelle, et chez certains sujets el-

le peut se manifester par une peur soudaine, due à une temporaire incapacité de coordination visuelle.
Chez les mammifères, il est rare de trouver une si grande variété de colorations de l'iris, ce qui peut être par ailleurs un facteur tout à fait indépendant de la couleur de la fourrure. La couleur peut varier de l'orange au vert, en passant par toutes les nuances intermédiaires, du jaune au noisette et au cuivre ; en plus, bien sûr, de toute la gamme des bleus.
L'iris est doté de muscles qui lui permettent de dilater ou contracter la pupille en fonction de l'intensité lumineuse ambiante. Grâce à ce mécanisme, la pupille peut se rétrécir jusqu'à devenir une très mince ellipse ou, au contraire, dans le cas d'une faible luminosité, s'élargir au point d'occuper toute la surface disponible, pour pouvoir profiter du moindre rayon de lumière.
L'angle intérieur de l'œil laisse apercevoir une petite partie de la troisième paupière, dite « membrane nictitante » qui protège et abrite l'œil tout en le gardant propre.

La reproduction

L'étalon

L'appareil reproducteur du mâle est extérieur dans ses parties principales, les testicules et le pénis. La fonction de cet appareil est de produire des spermatozoïdes et de les déposer dans le canal vaginal de la femelle. Chez le chaton nouveau-né, les testicules sont logés dans l'abdomen et ce n'est qu'aux alentours de la cinquième semaine de vie qu'ils commencent à descendre vers la poche du scrotum.
La rétention d'un testicule (monorchidisme) peut ne pas compromettre la future reproduction, mais en tous les cas implique pour le sujet son exclusion des expositions. Par conséquent, il est essentiel qu'au cours des premiers mois de vie le chaton soit suivi par un vétérinaire.
Le pénis présente la particularité d'avoir sur son extrémité (gland) de petites pointes épineuses qui provoquent chez la femelle une stimulation intense mais douloureuse.
Le mâle peut commencer à manifester sa sexualité à l'âge de sept-huit mois pour ensuite atteindre sa maturité vers les dix mois.
Il est néanmoins possible qu'il faille attendre plusieurs mois avant qu'il soit prêt pour l'accouplement.
Sauf exceptions, le persan commence à s'intéresser aux femelles vers l'âge de deux ans, mais cela peut également se produire plus tardivement. Généralement, il

exerce une activité sexuelle exclusivement sur son territoire, ce qui rend difficile de le « prêter » afin de lui faire monter des femelles.

UNE TERRASSE POUR LE MALE

En vue d'un élevage, le choix du mâle est d'une importance cruciale, car c'est à lui que revient d'améliorer, et de corriger si nécessaire, les caractères de la femelle chez les futurs chatons. L'habitude de marquer son territoire est une nécessité naturelle, car elle permet de signaler aux femelles sa présence et sa disponibilité, ainsi que d'éviter l'intrusion d'autres mâles.

Problèmes sexuels et de stérilisation

L'instinct sexuel est très puissant chez les chats, et pour qu'ils puissent jouir d'un cycle vital équilibré, il est nécessaire pour eux de pouvoir le satisfaire.
Avoir à la maison un étalon (mâle entier dans tous ses attributs masculins), suppose soit le respect de sa vie sexuelle, et donc la liberté de sortir, soit la planification d'un élevage, en prévoyant une ou plusieurs compagnes. Le mâle, même s'il vit isolé en appartement, est capable de percevoir les signaux olfactifs qu'envoie la femelle lorsqu'elle est en chaleur, et cela déclenchera chez lui une série de manifestations qui aboutiront à la classique « giclée ». Ce liquide a une odeur forte et désagréable, très difficile à éliminer totalement. Certains pensent qu'il contient carrément du musc : ce terme trouve ses origines dans un mot du sanscrit qui indiquait le testicule. Le chat, frustré dans son naturel instinct sexuel, fera montre d'une véritable souffrance qui se manifestera par des miaulements, un amaigrissement et une excitation, voire une agressivité, qui rendront méconnaissable jusqu'au plus doux et affectueux des minous. Pour éviter cette situation, la seule alternative est la stérilisation, qui ne doit pas, à mon avis, être jugée selon des paramètres à échelle humaine qui ne retiendraient que la cruauté et l'aspect contre nature du geste.
Je n'ai pas l'intention ici de me lancer dans des dissertations naturalistes, car je devrais dire également qu'au jour d'aujourd'hui il n'y a plus grand-chose de « naturel » : ni chez l'homme qui vit dans des cubes en béton, ni chez le chat, obligé de partager avec son maître une poignée de mètres carrés.
Ceux qui désirent la compagnie d'un chat doivent en assumer la responsabilité et trouver pour lui les conditions dans lesquelles il pourra vivre avec sérénité et à l'abri de stimulations sexuelles qui ne pourraient être satisfaites.
La stérilisation est une interven-

tion qui peut être opérée à n'importe quel âge, mais il est tout de même préférable de l'effectuer dès que le chat a atteint son plein développement physique (entre sept et douze mois). Une intervention précoce pourrait arrêter la croissance et empêcher un parfait développement physique, alors que si l'opération intervient trop

Ilex, Champion européen, mâle crème (élevage Baral) et Vay-Li del Fiore Nero, femelle écaille de tortue (élevage Burani). Ils pensent se marier prochainement !

tardivement, quand le chat manifeste déjà des instincts sexuels, elle ne pourrait pas donner de résultats immédiats.
L'intervention est effectuée sous anesthésie générale et ne dure que quelques minutes ; le chat peut aussitôt rentrer à la maison et aucun traitement particulier ne sera nécessaire. D'un point de vue psychologique, il n'y aura aucune conséquence négative et l'éventuelle tendance à grossir devra être contrôlée par un régime alimentaire pauvre en matières grasses.

Les chaleurs et l'appareil reproducteur de la femelle

L'appareil reproducteur de la femelle est situé à l'intérieur du corps et ses parties principales sont les suivantes : la vulve, le vagin, l'utérus, les ovaires et les trompes de Fallope.
La femelle persane atteint la maturité sexuelle vers l'âge de huit ou dix mois. En règle générale les premières chaleurs sont très légères et le rut dure entre trois jours et une semaine. S'il n'y a pas eu d'accouplement, celui-ci pourra se reproduire deux ou trois semaines plus tard. Contrairement à d'autres espèces animales, l'ovulation n'a pas lieu s'il n'y a pas eu accouplement.
Les chaleurs se développent en trois phases : au cours de la première la femelle montre des signes d'excitation par son « appel » classique, qui comporte une gamme de sonorités allant des longs miaulements gutturaux à l'émission de sons rauques et aigus.
La vulve est légèrement gonflée et de petites pertes roses peuvent se produire. Il n'est pas rare qu'en ces circonstances, la chatte urine en dehors de son bac hygiénique.
Dans une phase successive, elle devient particulièrement affectueuse, se frotte partout avec insistance et se roule par terre.
Ensuite, elle prend la position caractéristique de l'accouplement en frottant la poitrine par terre et en « pétrissant » le sol d'un mouvement rythmé des pattes postérieures et du bassin, tout en repliant la queue latéralement. Pendant les chaleurs la femelle peut s'accoupler plusieurs fois et engendrer des chatons de pères différents.
En nature, les cycles de reproduction sont liés aux rythmes saisonniers et à la durée de la lumière diurne, mais chez les persans, les différentes conditions de vie et la lumière électrique font que le rut peut se présenter à n'importe quelle époque de l'année.

Stérilisation de la femelle

En règle générale, quand on choisit une femelle, on prévoit l'éven-

tualité de lui faire avoir des chatons.
Chez les persanes, la vie sexuelle commence assez tardivement, mais parfois, surtout pour la variété des colourpoint, le rut peut se produire avant l'âge d'un an et se renouveler avec une telle fréquence et intensité, que la santé même de la chatte peut en être compromise.
Je conseille de ne pas utiliser les injections aptes à bloquer les chaleurs, car les éleveurs ont souvent remarqué des anomalies lors des mises bas successives. Il existe également des gouttes anticonceptionnelles, mais les vétérinaires sont très partagés à leur sujet. S'il est vrai que certaines chattes supportent très bien ce traitement, chez d'autres il entraîne avec le temps des problèmes hormonaux et le développement de kystes aux ovaires.
Une chatte chez laquelle les chaleurs ne présentent pas de manifestations trop vivaces peut très bien vivre sans procréer, mais si au contraire elle est dotée d'une sexualité fougueuse, des troubles psychologiques peuvent se présenter : excitation, amaigrissement, frustration et grossesses nerveuses. Dans de telles circonstances, si l'on n'a pas prévu d'élever des chatons, il est donc préférable de consulter un vétérinaire afin de trouver une solution définitive au problème.
Il existe différentes techniques de stérilisation qui sont opérées sous anesthésie générale : l'intervention est plus complexe que chez les mâles mais ne comporte aucun danger. Une fois ramenée à la maison, la chatte se réveillera au bout de quelques heures. Dès le lendemain, elle pourra s'alimenter et suivre un traitement antibiotique pendant quelques jours. Dans le courant de la semaine, on pourra enlever les points et la chatte sera à nouveau en pleine forme.

L'accouplement

Tous les persans n'ont pas un pedigree et si la femelle en est pourvue, il vaudra mieux vérifier celui du mâle choisi, afin d'éviter de désagréables surprises au moment de la naissance et de l'inscription des chatons dans le Livre des origines.
Sans rentrer dans le détail des lignées de sang, point essentiel pour les éleveurs, il sera préférable de choisir un mâle compatible au niveau de la couleur et qui puisse compenser d'éventuels défauts de la femelle. Par exemple : si la chatte a des oreilles un peu trop grandes, on veillera à ce que celles de l'étalon soient plutôt petites, ou encore qu'il soit très typé si la femelle a un petit museau allongé. De la même façon, il sera préférable que le mâle soit de taille moyenne si la femelle est particulièrement petite. Il faudra pren-

dre des accords avec le maître du mâle pour être certain de la disponibilité du chat et pouvoir amener la femelle à la saillie dès les premières manifestations des chaleurs.
Le propriétaire de l'étalon prendra le soin de préparer pour le couple un endroit à l'écart, sans anfractuosités (la femelle pourrait s'y cacher). Sauf problèmes particuliers, tout se déroulera selon les lois de la nature et sera terminé au bout de trois ou quatre jours.
Il est tout à fait normal que la femelle de retour chez elle manifeste des signes de chaleur encore pendant quelques jours.

COMPORTEMENTS DIFFICILES

Dans la nature, le comportement sexuel suit des schémas ancestraux bien précis qui, chez une chatte élevée en appartement, peuvent différer en fonction, entre autres, du type de relation qu'elle entretient avec son maître. Une petite chatte habituée à être toujours au centre de l'attention générale pourra avoir de sérieux handicaps dans l'accouplement, tout comme une séparation précoce de la mère et des petits frères peut entraîner chez l'animal la perte de son « identité féline » et le développement d'attitudes quasi humaines...
Certaines femelles sont tellement timides que, lorsqu'elles se trouvent dans un lieu inconnu, elles se croient aussitôt abandonnées : en proie à la panique, elles font un blocage et les chaleurs disparaissent. De retour à la maison, les manifestations de chaleur se présentent à nouveau au bout de quelques jours et si l'on répète l'expérience tout se déroulera normalement. D'autres femelles manifestent face au mâle une grande agressivité qui peut être calmée par l'administration au préalable d'un léger tranquillisant. Il est tout à fait normal que, dans un premier temps, la chatte soit effrayée lorsqu'elle est amenée dans un lieu autre que celui auquel elle est habituée ; mais en règle générale, au bout de quelques jours, la nature prend le dessus et l'accouplement peut avoir lieu.
Par contre, on se trouve face à des difficultés majeures lorsqu'il existe une véritable névrose ou un lien trop étroit entre l'animal et son maître ; hyperprotégée et gâtée, la chatte verra en lui son seul point de repère et aura tendance à le choisir comme partenaire sexuel.
Le rôle déterminant joué par l'odorat au niveau des glandes et des organes sexuels peut contribuer à une normalisation de la situation : en frottant la fourrure du mâle avec des vêtements ou produits de toilette (parfums, déodorants) utilisés par le maître de la chatte, on peut parvenir à la tranquilliser et l'amener à accepter l'accouplement.

La gestation

Après l'accouplement, la femelle peut manifester des signes de chaleur encore pendant quelques jours et il sera prudent d'éviter les sorties pour ne pas risquer un nouvel accouplement. Si la fécondation n'a pas eu lieu, le rut se reproduit au bout de trois semaines.
La durée moyenne de la grossesse est d'environ soixante-cinq jours, mais différents facteurs peuvent intervenir en abrégeant ou en prolongeant de quelques jours cette période. On aura confirmation de la gestation au bout de trois semaines, grâce au rougissement et à une certaine turgescence des tétines ; ces signes seront plus marqués chez une chatte qui a déjà mis bas.
Après la quatrième ou cinquième semaine, les fœtus sont perceptibles au toucher (2,5 cm de longueur), mais cette pratique est déconseillée car une palpation maladroite peut provoquer le détachement du fœtus de l'utérus.
Certaines chattes ne grossissent qu'à la fin de la gestation ; un grossissement important n'indique pas obligatoirement un grand nombre de petits, mais dépend souvent de la quantité de liquide amniotique. Au fur et à mesure que les jours passent, l'appétit de la future maman augmente et son alimentation doit être riche en protéines. Calcium et vitamines sont recommandés pendant le premier mois, mais sans excès pour éviter un excessif grossissement des petits qui pourrait créer des difficultés au moment de la mise bas.
Il vaut mieux éviter les médicaments et, au cas où un traitement antibiotique serait nécessaire, il est préférable de choisir de la propolis, qui est un produit naturel.
Au cours de la gestation la chatte doit faire de l'exercice, afin de garder un bon tonus musculaire.
Pendant les dernières semaines, la future maman commence à chercher un endroit où pouvoir accoucher ; on la verra fouiller dans les remises, les armoires et les tiroirs. Tentons de l'aider en lui proposant un endroit tranquille à l'abri de la lumière et des courants d'air, afin de concilier ses exigences avec les nôtres.

La mise bas

Soixante jours après l'accouplement, la chatte a considérablement augmenté de volume et le jour de la mise bas approche. Il est prudent de la surveiller et de l'empêcher de s'éloigner ; faire de l'exercice est une bonne chose, mais pendant les derniers jours il vaudra tout de même mieux qu'elle évite de trop sauter. Entre-temps, nous pouvons préparer une boîte de dimensions moyennes (50 x 50 centimètres environ) en carton ou en bois, que nous placerons dans un endroit tranquille et chaud de la maison. En effet, la chatte peut avoir besoin, pendant les différentes phases de la mise bas, de s'appuyer avec le dos et les pattes postérieures. Pour rendre confortable sa petite niche, il suffira de la tapisser de papier journal et d'un vieux pull-over : il vaut mieux éviter trop de linge car les petits pourraient s'y emmêler et s'étouffer. Pour des raisons d'hygiène, je vous conseille de recouvrir l'ensemble avec du Sopalin. Il n'est pas dit que la chatte aille le jour J dans la petite boîte que nous lui avons préparée, mais elle s'y adaptera très bien si on la pose là avec gentillesse et décision.

Dans la plupart des cas, la mise bas se déroule sans problèmes, mais il ne sera pas superflu de prévenir le vétérinaire de façon à pouvoir le joindre rapidement en cas de nécessité.

Normalement, vingt-quatre heures avant l'accouchement la température corporelle descend de 1 °C (de 38,5 à 37,5 °C), pour redevenir normale juste avant la mise bas ; il n'est pas rare de constater quelques contractions pendant les jours qui précèdent. La phase de dilatation peut durer plusieurs heures. Le système endocrinien règle les voies génitales, qui s'adaptent au fur et à mesure pour permettre l'expulsion des petits ; le col de l'utérus s'élargit, les tissus se font plus élastiques et le rythme respiratoire s'accélère, mais la chatte est tranquille et ronronne. La phase d'expulsion commence au moment où les contractions utérines se font plus fréquentes ; la chatte se lèche la vulve avec insistance de façon à relaxer les muscles et à faciliter la dilatation.

Selon son caractère et le type de rapport qu'elle entretient avec son maître, la chatte peut apprécier, ou même exiger, d'être suivie pendant la mise bas.

Au moment où les contractions s'intensifient, s'opère la « perte des eaux » et la chatte commence à « pousser ». Juste avant le fœtus, nous pouvons apercevoir le « petit ballon », une partie du sac amniotique, qui apparaît et disparaît selon la force des poussées. Il peut arriver que la mère, avec un coup de langue, rompe le sac, privant ainsi le petit du liquide lubrifiant ; si par la suite il devait y avoir des difficultés, un peu d'huile de vaseline ou du gel anesthésiant facilitent l'expulsion.

La phase du « petit ballon » peut également être assez longue, mais à la fin on verra apparaître le premier chaton dans l'enveloppe fœtale et, si cette dernière ne s'est pas encore rompue, une poussée plus forte que les autres provoquera l'expulsion du petit encore tout enveloppé dans sa membrane transparente (sac amniotique).

Si le nouveau-né se présente la tête la première, quelques poussées supplémentaires le feront sortir très facilement, mais si les pattes postérieures apparaissent en premier (accouchement podalique), l'expulsion peut comporter quelques difficultés. Si l'on a une certaine pratique de la chose, on peut aider à l'expulsion finale en retenant délicatement le petit avec un linge légèrement rugueux et propre, et en opérant des petites tractions en synchronie avec les poussées de la mère.

Une fois le petit expulsé, la mère coupe avec les dents le cordon ombilical qui le relie au placenta ; si elle ne le fait pas (parce qu'elle manque d'expérience ou qu'elle est occupée à expulser un deuxième petit), il faut intervenir et le couper à l'aide de petits ciseaux stérilisés ou, mieux encore, avec les doigts bien désinfectés.

En général, après l'accouchement, la chatte, suivant en cela un instinct ancestral, mange le placenta (l'animal sauvage, après la mise bas, ne quitte pas sa tanière pendant plusieurs jours et le placenta représente sa seule nourriture). Si elle ne le fait pas, il est important de s'assurer que tous les placentas ont été expulsés, pour éviter d'éventuelles infections utérines.

Après la naissance, la mère lèche vigoureusement le petit en facilitant ainsi sa respiration ; cependant, parfois elle n'assume pas tout de suite son rôle maternel (elle peut en être distraite par de nouvelles contractions) et il faudra alors s'occuper du petit en l'essuyant avec un linge rêche et en vérifiant que les voies respiratoires sont bien ouvertes.

Si le chaton est silencieux et n'arrive pas à respirer, il existe des techniques pour l'aider :
a) prendre le petit délicatement mais fermement dans la main et faire une rotation du bras ;
b) tenir le petit dans le poing fermé avec la tête et les petites pattes antérieures qui dépassent, tourné vers le haut ; pousser fermement du haut vers le bas afin que le diaphragme pousse à son tour les poumons, en les activant ;
c) pratiquer la respiration bouche à bouche.

Il va sans dire que toutes ces techniques nécessitent une certaine expérience.

L'intervalle entre chaque expulsion varie généralement de quinze minutes à une heure, mais on a déjà vu le dernier des chatons naître vingt-quatre heures après les autres. Si au contraire, l'intervalle est très court, il faudra s'occuper de mettre les chatons, au fur et à mesure qu'ils naissent, dans une boîte avec une bouillotte d'eau chaude ou sous une lampe qui dégage de la chaleur.

Au cas où la mise bas se prolonge, on peut soutenir la mère en lui donnant, si elle en veut bien et le

tolère, du lait tiède avec un jaune d'œuf ou d'autres aliments énergétiques. Si l'accouchement est lent et si les contractions ne sont pas suffisantes à l'expulsion des petits, on pourra avoir recours à une injection d'ocytocine, mais seulement sous prescription du vétérinaire.
Une fois l'accouchement terminé, on placera à nouveau les petits sur le ventre de la mère, tout en vérifiant qu'ils s'attachent bien aux tétines. Personnellement je conseille de ne pas se défaire tout de suite du linge et du papier journal de la niche, même s'ils sont sales et tachés. En effet, si les nouveau-nés ne voient ni n'entendent quoi que ce soit au moment de la naissance, ils possèdent néanmoins l'odorat, et par conséquent l'odeur du liquide amniotique est le seul élément connu et rassurant qui les accompagne au cours de cette bouleversante expérience. Laissons-leur le temps de découvrir la chaleur du ventre maternel et de se familiariser avec le monde qui les entoure.

Les premiers jours

Un chaton nouveau-né pèse une centaine de grammes.

Minuscule et tendre, un nouveau-né de l'élevage de Tuaregh

L'instinct l'amènera à chercher aussitôt les tétines maternelles, que nous aurons préalablement nettoyées et adoucies.
Le premier liquide qui en est sécrété, le colostrum, est très important pour les petits, parce qu'il est riche en protéines, sels minéraux et anticorps (précieux pour la défense immunitaire).
Les nouveau-nés ne sont pas toujours capables de s'attacher aux tétines de la mère : il faut alors les aider en comprimant légèrement celles-ci et en faisant sortir la première goutte. Pendant les premiers jours la croissance est très rapide (10 à 15 grammes par jour) et une hiérarchie s'instaure très vite entre les chatons. Les plus forts s'approprient les tétines postérieures, plus riches en lait, et grossissent plus rapidement. Si un chaton pleure et que son petit ventre n'est pas bien rond, il faut éloigner les petits frères et le laisser allaiter en paix toutes les deux heures. Si nous ne sommes pas en présence de graves défauts du palais, malformations cardiaques ou autres handicaps, le chaton reprendra vite du poids et des forces, et au bout de quelques jours sera aussi robuste que ses petits frères.

Les problèmes de la lactation

Si la mère a peu de lait, on pourra combler cette carence de différentes façons, tandis que dans le cas contraire un excès de lait peut

La première est née ! Elevage degli Estensi

soulever de sérieux problèmes. En cas de congestion de la tétine (mastite), celle-ci deviendra rouge, dure et douloureuse, à tel point que la chatte refusera d'allaiter. Des compresses d'eau salée pourront suffire à résoudre le problème si le diagnostic est précoce.
Si, en revanche, la stagnation de lait a déjà provoqué une infection ainsi que de la fièvre et une formation purulente, le vétérinaire devra prescrire un antibiotique et, si nécessaire, intervenir de façon chirurgicale. Quand la mère n'est pas en mesure de s'occuper de ses petits, il faut intervenir promptement : puisqu'ils doivent rester bien au chaud, il faudra les placer dans une boîte avec une bouillotte d'eau chaude et un thermophore. Pendant les premières semaines une température de 28-30 °C est nécessaire, par la suite une température plus basse sera suffisante. Quand c'est la mère qui s'occupe des petits, ses coups de langue répétés sur leur petit ventre ont pour but de stimuler le fonctionnement intestinal ; par conséquent, après avoir nourri les nouveau-nés il faut toujours pratiquer un léger massage.

Le sevrage

A l'âge d'environ trois semaines, les chatons commencent à s'intéresser à la nourriture de leur mère, qui, par ailleurs, peut manifester un certain manque d'entrain dans l'allaitement.
Alors qu'au cours des premières semaines, la chatte est quasiment toujours aux côtés de ses petits, au bout d'une vingtaine de jours elle s'en éloigne plus fréquemment et il n'est pas rare de constater quelques moments de rut. Si elle vit avec son compagnon, il faut absolument éviter une nouvelle grossesse, car pendant l'allaitement elle a dépensé beaucoup d'énergie et elle ne serait pas en mesure d'affronter une nouvelle gestation. Ainsi que la nature le suggère, c'est le moment le plus propice pour le sevrage, le passage dans le régime alimentaire du liquide au solide. Le lait maternisé pour chatons, que l'on trouve facilement dans les magasins spécialisés, ou un lait avec apports glucidiques que l'on peut enrichir d'un jaune d'œuf, sera le premier aliment à donner aux chatons. Petit à petit, on ajoutera des produits homogénéisés et des flocons de céréales précuits (alimentation pour enfants), qui donneront plus de consistance à leurs bouillies. Par la suite, on pourra enrichir leur régime alimentaire de viande, poulet et poisson, bouillis et hachés menus. Pendant le sevrage, il faudra surveiller leur fonctionnement intestinal et prévoir une bonne dose de patience en donnant la bouchée aux petits, afin qu'ils s'adaptent à leurs nouvelles habitudes alimentaires.

L'alimentation

Au cours de sa millénaire cohabitation avec l'homme, le chat, carnassier à l'origine, est devenu omnivore, en adaptant la longueur de ses intestins (des 150 cm du chat sauvage aux 200 cm du domestique) pour permettre l'ingestion et l'assimilation de différents aliments. En nature, il se nourrit de petits animaux dont il avale chaque partie : la peau, les poils, les os, les abats et le contenu gastrique et intestinal, en enrichissant son organisme de tous les éléments nécessaires à son équilibre.

Notre persan, qui a grandi en appartement, ne fait pas assez d'exercice pour éliminer les toxines : son maître doit lui offrir une nourriture facilement assimilable et riche en éléments nutritifs.

Son régime doit être riche en protéines (40 % environ) avec un pourcentage de matières grasses de 25-30 %. Un chat adulte (3,5-5 kilos) a besoin d'un apport quotidien de 400/500 calories et son régime doit également comporter des vitamines, fondamentales pour le développement de la structure osseuse et musculaire, ainsi que pour améliorer sa résistance aux infections. Il faut également des sels minéraux et du calcium. Il est conseillé d'utiliser du lait maternisé pour les chats, particulièrement riche en vitamines, minéraux et protéines. Par contre, le lait avec apports glucidiques, qui a une certaine carence en ces substances, est plus riche en sucres : si nous voulons l'utiliser, il faudra l'intégrer avec de la

crème fraîche ou bien un jaune d'œuf.
Chez certains chats, le lait provoque des diarrhées, parce qu'avec le sevrage l'appareil digestif cesse de produire l'enzyme permettant de le digérer (lactase).

Le lait est un aliment précieux :
- *lait de vache : 3,5 % de protéines ;*
- *lait humain : 1,6 % de protéines ;*
- *lait de chatte : 9,5 % de protéines.*

Chez les persans, les choix alimentaires sont particulièrement importants

Les éléments nutritifs

Protéines :
- viande de bœuf, veau et cheval ; crue ou à peine ébouillantée ;
- volailles et lapin : cuits pour éviter les risques de salmonellose ;
- abats : cœur, cru en petits morceaux, foie, cuit (laxatif) ou cru (astringent) ; poumon et tripes ont une valeur nutritive peu élevée ;
- poisson : cuit et sans arêtes ;
- fromages : presque tous, mais il vaut mieux éviter les fermentés ;
- lait, crème fraîche, œufs.

Graisses : beurre, margarine, huile animale ou végétale sont un concentré d'énergies, donnent du goût aux aliments et sont nécessaires à l'assimilation des vitamines.

Hydrates de carbone : ne sont pas indispensables, mais enrichissent le régime et donnent de l'énergie ; doivent être administrés cuits.

Vitamines :
- A : foie, crème fraîche, jaune d'œuf, carottes ; essentielle pour : la vue, la croissance et la résistance aux infections ;
- B (thiamine) : viandes, poisson, céréales, foie, lait ; importante pendant la croissance, cette vitamine est détruite par la cuisson ;
- B_2 (riboflavine) : viande, légumes, céréales, lait et produits laitiers ;
- B_6 : se trouve dans les aliments contenant les autres vitamines B ; est nécessaire pour l'assimilation des protéines ;
- C (acide ascorbique) : elle n'est pas nécessaire car elle est déjà synthétisée par l'organisme ;
- D : huile de foie de morue, poisson, beurre, œufs ; nécessaire à la formation osseuse ;
- E : on la trouve dans de nombreux aliments et est très utile pendant la croissance.

Minéraux : le calcium et le phosphore dans le lait et les produits laitiers ; le fer, le magnésium, l'iode, etc. sont contenus dans tous les aliments.
Eau : elle représente 70 % du poids du corps du chat et elle est vitale pour toutes les fonctions. Elle doit être toujours à disposition.
Si elle est trop calcaire, il vaut mieux utiliser une eau minérale plate pour prévenir d'éventuels problèmes rénaux, spécialement chez les mâles.

Les aliments préparés

Il existe trois catégories d'aliments préparés :

- aliments humides : 75/80 % d'eau ;
- aliments semi-humides : 20/30 % d'eau ;
- aliments secs : 10 % d'eau.

Lorsqu'on utilise des aliments secs (croquettes), étant donné leur basse teneur en eau, il est important de veiller à ce que le chat boive suffisamment, car l'organisme a tendance à conserver les urines avec les conséquents problèmes rénaux. Les croquettes, très appréciées par les chats, répondent cependant à des exigences particulières : elles ont un excellent effet sur le tonus des gencives et évitent la formation du tartre.
En été, ce type d'aliments n'attire pas les mouches, et peut être laissé à la disposition du chat, avec un bol d'eau, en cas de brèves absences du maître.
Il est toujours préférable de lire les étiquettes des aliments en conserve pour s'assurer qu'ils contiennent tous les éléments nutritionnels et que les résidus ne dépassent pas les 10 %.
Pour une alimentation optimale, il faudra habituer le chat, dès son plus jeune âge, à un régime varié, en alternant des aliments frais et des aliments en conserve.

L'alimentation du chaton

Il s'agit de la première préoccupation de l'acquéreur. Si le petit persan vient d'un bon élevage, on pourra demander à l'éleveur toutes les informations et les conseils nécessaires : il est important de les suivre car ils sont le fruit d'une longue et précieuse expérience.
Le petit persan a tout particulièrement besoin d'un bon équilibre en matière de calcium, afin de soutenir sa structure massive.

L'ALGUE SPIRULINA

Il s'agit d'un aliment très particulier et peu connu : le seul type d'algue qui, pour sa croissance, a besoin de la lumière solaire en plus des sels minéraux et de l'anhydride carbonique présents dans l'eau. Elle pousse au Mexique, dans les lacs de certaines régions désertiques.
Des études scientifiques ont prouvé que l'organisme utilise jusqu'à 84 % de ses protéines : cela signifie qu'elle représente, à elle seule, un aliment complet.
Dans le commerce, on peut la trouver en poudre ou sous forme de comprimés, et elle est très appréciée par les chats parce qu'elle a le goût et l'odeur du poisson.

Pour le bon fonctionnement des intestins, il est important que les repas soient réguliers ; il faut éviter de laisser la nourriture à sa disposition toute la journée : il est préférable que le chat apprenne à manger à intervalles réguliers.
Entre deux et quatre mois, il a besoin de cinq repas journaliers, dont les deux principaux à base de viande ou poisson, et les trois autres à base de lait additionné de divers aliments : crème fraîche, petit fromage mou, céréales, miel, œuf. Après les quatre mois, quatre repas peuvent être suffisants.

PREMIER MENU

8 heures	lait avec crème fraîche, miel et biscuits
11 heures	petit fromage mou
13 heures	viande crue avec petits morceaux de cœur ou de foie, légumes crus ou cuits, une petite cuillerée d'huile
17 heures	bouillie aux céréales avec une petite cuillerée d'huile
20 heures	poisson cuit avec un peu de beurre et une pincée d'algue spirulina

DEUXIEME MENU

8 heures	lait avec crème fraîche et flocons de céréales
11 heures	yaourt avec miel et levure de bière
13 heures	cœur en petits morceaux avec viande hachée et carottes rapées
17 heures	œuf brouillé
20 heures	poulet ou dinde bouillis et hachés menus, nouilles au gluten cuites dans le bouillon avec une pincée d'algue spirulina

L'alimentation du chat adulte

Le régime quotidien du chat adulte nécessite 250 grammes d'aliments solides et liquides. Il est préférable de répartir la nourriture en plusieurs repas, étant donné la structure de son appareil digestif.

PREMIER MENU

8 heures	un petit bol de lait avec une petite cuillerée de jaune d'œuf ou de crème fraîche, céréales
13 heures	viande crue (100 g), hachée ou en petits morceaux, avec des légumes et une pincée d'algue spirulina
20 heures	dinde bouillie avec carottes et oignons, nouilles et une pincée de levure de bière

DEUXIEME MENU

8 heures	un petit bol de lait ou petit fromage mou
13 heures	foie et cœur en petits morceaux avec une pincée d'algue Spirulina
20 heures	viande en conserve ou pasteurisée avec une pincée de levure de bière

TROISIEME MENU

8 heures	bouillie de céréales avec miel et une pincée de levure de bière
13 heures	viande crue (100 g) avec légumes crus ou cuits
20 heures	poisson bouilli avec riz et légumes et une pincée d'algue spirulina

QUATRIEME MENU

8 heures	aliments secs et une pincée d'algue spirulina
13 heures	poulet rôti ou bouilli (100 g) avec légumes crus ou cuits
20 heures	fromage, œuf cuit ou cru

L'alimentation du chat âgé

Sauf dans le cas de pathologies particulières, le troisième âge du chat commence vers les dix ans.
Le ralentissement des fonctions digestives et la baisse des besoins en apport calorique, requièrent une alimentation légère et facilement assimilable (cf. tableau ci-dessous).
La perte de dents, que l'on constate fréquemment chez les femelles qui ont allaité, et les gingivites qui en résultent, rendent parfois difficile l'alimentation.
Peu de protéines et un peu plus de graisses et vitamines A, B et E facilitent le fonctionnement du foie et des reins.

L'alimentation des chatons sans mère

Il peut arriver que les nouveau-nés manquent de lait maternel et que l'on ne trouve pas de solution par exemple chez une autre chatte venant de mettre bas et n'ayant pas trop de chatons à nourrir.
En espérant que les petits aient reçu de la mère au moins les premières tétées, il faut alors avoir recours à l'allaitement artificiel, ce qui requiert une bonne dose de patience et de dévouement de la part du maître.
Le tout premier liquide sécrété par la mère, appelé colostrum, est indispensable à la survie des petits : il est en effet riche en anticorps, vitamines, caséine et albumine, et très utile pour l'expulsion du méconium (masse fécale) qui s'est formé dans l'intestin avant la naissance.
Le lait maternisé est ce que l'on trouve de mieux dans le commerce ; au cas où l'on rencontrerait des difficultés à se le procurer, il faut ajouter un jaune d'œuf et une pincée de glucose à 100 grammes de lait avec apports glucidiques.

MENU

8 heures	lait et céréales ou bouillon et céréales, avec une pincée de levure de bière
13 heures	poulet ou dinde bouillis avec nouilles et légumes sans sel, avec une pincée d'algue spirulina
20 heures	poisson bien cuit et riz assaisonnés d'huile crue ou œuf dur avec petits morceaux de foie

Chatons de l'élevage de La Celsa

Les chatons doivent être nourris toutes les deux heures, de jour comme de nuit.
Après la première semaine, les petits devraient avoir doublé de poids et on peut alors leur administrer les repas de nuit toutes les quatre heures. La tétée correspond plus ou moins à la capacité d'une cuiller à soupe (3–5 millilitres) et il faudra en augmenter la quantité jusqu'à 7 millilitres après la première semaine et à 10 millilitres à la troisième. Dans le commerce on trouve des biberons spécialement conçus pour les chatons, mais l'on peut tout aussi bien utiliser un compte-gouttes ou une seringue sans aiguille. Le lait doit être administré tiède, 38 °C environ, et sans solliciter la tétée pour éviter étouffements et pneumonies *ab ingestis*. Après les tétées il faut toujours pratiquer un léger massage sur le ventre, afin de stimuler la digestion et faciliter un éventuel petit rot.

Vivre avec un chat

Pourquoi un chat ?

Plusieurs raisons peuvent nous amener à choisir un chat pour compagnon : le désir d'avoir un ami un peu particulier, la perte du chat de la maison, le plaisir de passer des week-ends différents en visitant les expositions félines.
Chacune de ces raisons aura une importance particulière et influencera le choix du type de chat. Trop souvent, le chaton n'est qu'un original « cadeau de Noël » ; certes, un petit persan est irrésistiblement tendre, mais il faut penser qu'il nécessite des soins attentifs et que cela pourrait être un problème pour quelqu'un de très occupé.
Si l'on cherche à remplacer un minou disparu, il faudra éviter d'en choisir un de même type et de même couleur ; chaque chat est unique : en chercher une copie est stupide et cela pourrait nuire à la formation d'une nouvelle et fascinante personnalité.
Si l'on rêve à un champion d'exposition, il faudra d'abord se cultiver en la matière en fréquentant les manifestations félines, afin d'acquérir une certaine pratique et pouvoir choisir en connaissance de cause. Il sera préférable de connaître les éleveurs, visiter les élevages et être prêt à investir une somme rondelette.
Si l'on envisage un petit élevage, le choix du premier chaton sera déterminant. Il est essentiel d'avoir toujours clairement en tête ce que l'on attend de lui.
Si l'on désire simplement un ami, une petite créature douce et ten-

dre, des oreilles un peu hautes ou un museau un peu écrasé ne seront pas un problème : bien au contraire, ces éléments feront baisser le prix d'achat par rapport à d'autres chatons tout à fait conformes au standard. Mais alors, attention, si vous participez à une exposition, ne pensez pas gagner le Best in Show !

Lequel choisir ?

Une portée de petits persans est un véritable spectacle ! Lequel choisir entre les quatre ou cinq petites boules de poil qui vous regardent avec leurs grands yeux ?
Beauté mise à part, il y a des règles d'hygiène et de santé qu'il ne faut jamais oublier. Le chaton doit :
- avoir au moins deux mois ;
- être totalement sevré ;
- être vacciné contre : le typhus (à partir de huit semaines, rappel trois mois après et ensuite rappel annuel ; le coryza (administré en association avec le vaccin du typhus ; la rage (à partir de trois mois, deux injections à trois semaines d'intervalle, puis rappels annuels) ;

Chatons de l'élevage de La Celsa

- avoir un poids compris entre 700 et 1 000 grammes et un physique musclé et agile ;
- avoir les yeux brillants et bien ouverts (la troisième paupière ne doit pas être visible) ;
- avoir les oreilles propres et sans traces noirâtres ;
- ne pas présenter de traces de morve sur le nez ;
- ne pas avoir de petites croûtes ni de zones d'alopécie (sans poil) sur le corps ;
- ne pas avoir de traces de parasites dans le pelage ;
- ne pas présenter de symptômes de diarrhée ;
- ne pas avoir de défauts de déambulation.

En outre, il sera conseillé de voir les parents et de prendre connaissance de l'environnement dans lequel le chaton a grandi.

ADOPTER UN CHAT ADULTE

Quand on désire acquérir un chat, on a toujours tendance à préférer qu'il soit tout petit, en pensant que de cette façon – mais ce n'est pas toujours le cas –, il s'adaptera plus facilement et sera plus affectueux avec son nouveau maître. Le chat, d'une façon tout à fait naturelle, arrivera toujours à trouver son espace dans un nouveau milieu, et cela indépendamment de son âge. Il saura, même adulte, résoudre les problèmes d'adaptation au nouvel environnement et s'habituera rapidement à sa nouvelle maison. Quant à l'affection, le plus important est d'abord de lui offrir la nôtre, tout comme de le respecter, et il saura nous le rendre amplement.

L'arrivée dans la nouvelle maison

Quand on achète un chaton, il faut tenir compte du choc que représente pour lui le fait de changer d'environnement ; soudainement, rien de ce qui l'entoure ne lui est familier, il ne reconnaît ni les odeurs, ni les petits recoins où il se cachait en jouant avec ses petits frères, ni le ventre de sa mère où il allait se pelotonner.

Il est préférable de l'amener dans la nouvelle maison pendant la journée : la lumière l'aidera à se familiariser avec l'environnement et de cette façon, quand la nuit viendra, tout lui paraîtra moins hostile car il se sentira déjà un peu plus en sûreté.

Il sera en quête d'affection et de protection et, bien entendu, le lit lui paraîtra l'endroit rêvé pour tout cela ; décidez dès les premiers jours des endroits où il lui sera permis d'aller, soyez ferme et surtout cohérent : ne le troublez pas

en lui interdisant aujourd'hui ce que vous lui permettrez demain.
Montrez-lui son bac hygiénique et vous pourrez constater qu'il l'utilisera ; s'il ne le fait pas et s'il préfère salir le sol, ne jetez pas les excréments mais posez-les, ainsi que le chaton, dans le bac prévu à cet effet : vous verrez qu'il s'occupera de les couvrir avec la litière et par la suite il saura retrouver le bon endroit.
Pendant les premiers temps, il sera préférable de le seconder dans ses habitudes alimentaires. Le stress du changement pourrait altérer ses fonctions intestinales en provoquant soit de la diarrhée soit de la constipation ; mais au bout de quelques jours tout devrait rentrer dans l'ordre.
S'il y a un autre animal dans la maison, ne le négligez pas pour vous occuper exclusivement du nouvel invité.
Un animal adulte ne fera jamais de mal à un petit, toutefois la jalousie pourrait troubler l'harmonie générale.

Les dangers

La curiosité, qui est un signe d'intelligence, est l'une des caractéristiques du chat, mais il peut facilement se retrouver dans une situation difficile car, comme les enfants, il sera irrésistiblement attiré par tout ce qui est dangereux : fils électriques, machines à laver avec le hublot ouvert ou tiroirs entrebâillés peuvent devenir des pièges mortels.
D'éventuelles ouvertures sur la terrasse doivent être fermées avec, par exemple, une haie métallique, pour éviter qu'il tombe dans l'élan de sa course. Les plantes vertes peuvent également représenter un danger ; en nature, quand les animaux sont malades, ils avalent des herbes curatives et les chats qui vivent en appartement cherchent à retrouver ces mêmes substances dans les plantes de la maison. Cependant, certains chats semblent avoir perdu l'instinct de distinction (organe de Jacobson) et il peut arriver qu'ils avalent des plantes nuisibles à leur santé.
Les plus dangereuses sont celles qui contiennent du latex, comme le ficus ou des plantes similaires, ainsi que des plantes de jardin comme l'hortensia, le cyclamen, le jasmin, le crocus, le renoncule, l'iris, etc.
Les plantes de Noël, comme le gui, le houx ou bien la strelitzia peuvent également provoquer des malaises car elles contiennent des alcaloïdes et d'autres substances nuisibles.
Pour éviter que le chat ait recours aux plantes de la maison, mettez à sa disposition un petit pot d'herbe à chat, essentielle pour son bien-être.

L’éducation

Le chat doit être éduqué dans le respect de son célèbre esprit d’indépendance.
Quand il fera des bêtises (grimper aux rideaux ou se faire les griffes sur le mobilier), il faudra le gronder par des mots brefs et secs comme un coup de fouet.
Ce que l’on désire lui interdire sera associé à cette sonorité désagréable et avec un peu de persévérance on obtiendra le résultat souhaité, si toutefois la réprimande arrive exactement au même moment que l’action fautive. Le mobilier et les fauteuils de la maison seront épargnés si on lui apprend à se servir du griffoir : on peut le faire en exerçant une légère pression sur les coussinets jusqu’à faire sortir les ongles des gaines pour ensuite les lui frotter contre l’accessoire.
Un chaton à la maison sera une nouveauté très excitante pour les enfants, mais leurs gestes parfois maladroits pourraient nuire ou faire peur au jeune animal. La première chose à faire est de leur montrer comment prendre correctement le chaton : d’une main il faut tenir sous la poitrine les membres antérieurs et de l’autre soutenir le train arrière.
Il est néanmoins souhaitable que les enfants soient suffisamment grands pour comprendre comment se comporter envers leur nouveau compagnon, savoir le respecter comme un être vivant et non comme s’il s’agissait d’une nouvelle peluche.

Les accessoires

Voyons ce dont il faut disposer pour tous les besoins du chat :
- un bac hygiénique et de la litière ;
- deux écuelles à rebords bas (l’une pour l’eau et l’autre pour la nourriture) ;
- une brosse et deux peignes (l’un à dents larges et l’autre à dents serrées) ;
- des produits homogénéisés (qui se révèlent utiles pour les premiers repas car ils sont toujours appréciés) ;
- une corbeille ou un panier ;
- une corbeille ou panier de transport pour les voyages en voiture (un modèle fermé est préférable car le chat a peur de la circulation) ;
- quelques petits jouets (par exemple ceux qui émettent un son lorsqu’on les presse) et une balle colorée.

Les maladies

Le célèbre dicton qui dit « mieux vaut prévenir que guérir », est également valable pour votre chat. Une alimentation correcte et l'hygiène de son environnement sont des conditions fondamentales. Un chat sain est un animal propre et, en ce qui nous concerne, nous veillerons à la propreté des endroits où il vit habituellement ainsi que des accessoires qu'il utilise pour ses besoins. Il faudra prévoir un nettoyage quotidien de son bac hygiénique après l'avoir vidé de la litière ; les écuelles devront également être lavées et désinfectées tous les jours.
Petits tapis, coussins et niche doivent être lavés régulièrement afin d'empêcher la diffusion des parasites et, par conséquent, des maladies.

Les maladies les plus courantes

Si malgré toutes nos attentions, le chat devait tomber malade, nous devons être en mesure d'assurer rapidement les premières nécessités. Sans avoir la prétention de remplacer le vétérinaire, auquel il faudra faire appel dans les plus brefs délais, nous pouvons lui fournir les premiers secours selon les symptômes les plus évidents des affections qui peuvent l'avoir atteint.

Gastro-entérite

Symptômes : température rectale élevée, inappétence, vomissement, diarrhée et déshydratation.

Traitement : suspendre l'alimentation, qu'il faudra reprendre avec des aliments faciles à digérer et à assimiler.

Coryza

Symptômes : écoulement du nez assez abondant qui peut obstruer et rendre difficile la respiration. Toux, salivation abondante et altération de la température.
Traitement : antibiotiques à large spectre et spécifiques, ainsi qu'un nettoyage méticuleux des yeux et des narines.

Infections à calivirus

Symptômes : les plus caractéristiques sont les ulcérations au niveau de la bouche et de la langue.
Traitement : antibiotiques à large spectre et spécifiques pour réduire les sécrétions nasales.

Leucose féline

Symptômes : puisque la leucémie entraîne une déficience immunitaire, n'importe quelle pathologie, avec tous ses symptômes spécifiques, peut facilement affecter l'organisme.
Traitement : il n'en existe aucun.

Péritonite infectieuse

Symptômes : température rectale élevée, déshydratation, perte de poids, renflement de l'abdomen.
Traitement : puisqu'il n'existe pas de médicaments antiviraux efficaces, ou qu'ils sont difficiles à trouver dans le commerce, le seul remède aux maladies à caractère viral est un traitement antibiotique qui combattra les infections bactériennes secondaires. Le vétérinaire fera une prescription de vitamines spécifiques aptes à soutenir l'organisme, ainsi que des solutions au glucoside pour le désintoxiquer et le réhydrater.

Rage

Symptômes : changements de comportement, agressivité et excitation, enrouement, peur de l'eau à cause de la paralysie du larynx.
Traitement : il n'existe malheureusement aucun traitement.

Mycoses et dermatites

Symptômes : zones dépilées (alopécie) particulièrement sur la tête et les membres, peau irritée et épaissie.
Traitement : seul le vétérinaire peut évaluer la nature des alopécies et décider d'administrer, si nécessaire, des antibiotiques fongicides. Désinfection des zones touchées à l'aide de solution d'iode.

Parasites

Symptômes : pelage terne, segments blancs dans les selles, renflement de l'abdomen.

Traitement : spécifique après identification des vers par l'analyse des selles.

Urolithiase

Symptômes : difficulté de miction, et, chez le mâle, léchages répétés du pénis, traces de sang dans les urines, dépression, inappétence.
Traitement : antibiotiques, produits aptes à désintoxiquer, régime alimentaire approprié.

Petits et grands problèmes

Le chat est un animal méthodique et tout changement de comportement doit être interprété comme le signe d'un trouble physique ou psychique.

• Si d'habitude le chat court à votre rencontre dès votre arrivée à la maison, quand il ne le fait pas c'est probablement parce que quelque chose ne va pas, et il vaudra mieux essayer d'en comprendre les raisons.

• Un chaton plein de vitalité qui soudainement devient calme peut souffrir d'un manque de calcium : si l'on intervient rapidement on peut résoudre facilement le problème.

• S'il secoue la tête et se gratte avec insistance derrière l'oreille, il pourrait être affecté par une otite parasitaire : un court traitement évitera que l'acarien endommage sérieusement le tympan.

• S'il hésite à s'approcher de la nourriture, mange par saccades et parfois laisse tomber la bouchée, il faut vérifier que ses gencives ne sont pas enflammées à cause du tartre, ou pour d'autres raisons que le vétérinaire éclaircira.

• La bouche peut être affectée par une maladie très grave que l'on peut cependant détecter même lorsque le chaton paraît en excellente santé : les infections à calivirus. Un examen attentif révélera la présence de rougissements et de petites ulcérations sous la langue et sur les côtés. Un antibiotique spécifique empêchera que la maladie ait des conséquences mortelles.

• Chez le chaton il faudra toujours contrôler la dentition. En effet, si la canine de lait ne tombe pas, ce qui devrait arriver vers le quatrième ou cinquième mois, cela pourrait entraîner une déviation de la dent définitive. Pour ce genre de raisons esthétiques, un chat d'exposition serait exclu du concours.

• A l'angle intérieur de l'œil peut apparaître une fine pellicule rose appelée « membrane nictitante » ; s'il n'y a pas d'autres raisons extérieures, sa présence révèle des troubles d'ordre général.

• Chez le mâle, les problèmes de l'appareil urinaire se manifestent par une posture très particulière pendant la miction : train arrière soulevé, efforts répétés et, parfois, des traces de sang dans les urines.

• Le nettoyage quotidien du bac hygiénique doit être effectué méticuleusement, en faisant bien attention à d'éventuelles traces de sang et/ou mucus dans les selles, ce qui indiquerait à coup sûr un problème de santé.

• Chez le chat, un pelage terne et sans éclat peut être un symptôme d'intoxication ou révéler la présence de parasites intestinaux, parmi lesquels figurent les coccidies, difficiles à détecter par un simple examen des selles.
D'éventuels petits points noirs visibles dans le pelage peuvent être des éjections de puces, véhicule du ténia dont la présence est révélée par des segments blancs dans les selles. Alors que le ténia doit être éliminé par un traitement spécifique, pour les puces, étant donné que les produits antiparasitaires sont assez toxiques, il sera préférable de baigner le chat avec un shampooing à pH neutre et d'éliminer les parasites un à un. Il sera nécessaire de répéter l'opération après huit à dix jours et de désinsectiser son environnement avec une attention particulière.

• Le chat, en se léchant, avale les poils morts qui vont former dans l'estomac des boules compactes dont l'animal se défait en vomissant. S'il n'y arrive pas, il risque l'occlusion intestinale : par conséquent, il est très important de le brosser souvent.

• La mycose est une maladie fréquente et assez répandue, qui se déclare par des zones de peau qui se desquament, puis perdent le poil, en laissant des taches rondes et rougies. Un prompt examen facilitera le diagnostic, qui pourra être suivi d'un traitement simple et efficace. Les origines de la contamination peuvent être multiples, mais il faut savoir que le stress et l'humidité facilitent le développement des spores qui se trouvent dans le poil des chats.

PREVENTION ET RAPIDITE D'INTERVENTION

Le chat est un animal plutôt routinier et il est donc toujours instructif d'observer son comportement. Des attitudes inhabituelles peuvent être le signe de troubles physiques ou psychiques. De nombreuses maladies pourront être soignées facilement, à condition que l'on en reconnaisse les symptômes dès leur apparition.

COMMENT RECONNAITRE QUE LE CHAT N'EST PAS EN BONNE SANTE

Le chat reste dans son coin et n'est pas joueur comme d'habitude. Il ne saute pas. Il secoue la tête et se gratte avec insistance derrière l'oreille. Il a des difficultés à s'alimenter ; les aliments lui échappent de la gueule.

Il faut vérifier la présence de :

- *ulcérations des gencives ;*
- *paupière intérieure visible au coin de l'œil ;*
- *traces de sang et/ou mucus dans les selles ;*
- *segments blancs dans les selles ;*
- *renflement de l'abdomen ;*
- *pelage terne et ébouriffé ;*
- *zones dépilées et squameuses.*

ATTENTION A LA PROPRETE

Le nettoyage du bac hygiénique doit être effectué quotidiennement, en le lavant soigneusement avec une solution désinfectante.

Cette opération doit être répétée pour les écuelles. Petits tapis, coussins et niche doivent être lavés souvent afin d'éviter la propagation des maladies ou des parasites.

Bac hygiénique

Le chat au quotidien

Le langage

Les chats éprouvent de la joie, de la douleur, de l'anxiété, de la crainte, de la colère, etc., exactement comme les êtres humains, sauf que, n'étant pas dotés de la parole, ils s'expriment en utilisant ce que la nature a mis à leur disposition : les mouvements du corps et une gamme vocale qui joue sur la modulation et l'intensité des sonorités émises.
La position de la queue, l'inclinaison de la tête, les mouvements des moustaches et des vibrisses, ainsi que les expressions du museau, constituent le vocabulaire du chat.
Les chatons courent vers leur mère avec la queue droite et vibrante, en exposant la zone génito-anale, prêts à être examinés et nettoyés ; le même type de posture reste chez l'animal adulte comme un signe de confiance et d'amitié.
Quand il se sent menacé, le chat se raidit et gonfle la queue ; s'il est énervé il la garde baissée tout en la frappant sur le sol. Un mouvement balancé de la queue est un signe évident d'agressivité. Les moustaches et les longs poils en haut des yeux (vibrisses) sont de puissants organes sensoriels mais ils ont également une fonction précise dans le langage : un minou curieux étale ses moustaches en éventail pendant qu'il examine un objet, les pointe vers l'avant quand il est fâché et les aplatit contre ses joues quand il se tient sur la défensive.

« Maintenant je l'attrape ! » C'est ce que semble dire Phantom de Do Diesis, de l'élevage Conti

D'autres éléments « parlants » sont les oreilles et les yeux : un chat tranquille tient ses oreilles bien droites, mais il les tourne vers l'extérieur et rétrécit ses pupilles si quelque chose le met en colère. La peur, en revanche, lui fera aplatir les oreilles sur le crâne et dilater les pupilles.
Le chat est également doté d'une gamme vocale assez riche, plus ou moins utilisée selon les caractères : il y a des chats bavards et des chats taciturnes. La chatte qui prend soin de ses petits utilise des sonorités brèves et douces mais, si l'un des chatons s'éloigne, le son peut devenir sec et cinglant.
Pendant les combats entre rivaux ou n'importe quel autre genre de

bagarre, les insultes et les menaces se succèdent sur un ton extrêmement aigu et sec.
Selon des chercheurs anglais, la main qui caresse un chat perçoit des vibrations qui se propagent dans tout le corps, avec un effet bienfaisant pour le système nerveux et circulatoire. Il faut pourtant savoir que le chat ne ronronne pas uniquement quand il est heureux et tranquille, mais aussi dans certaines circonstances de souffrance et de peur. Un chercheur américain en éthologie a fait un rapprochement intéressant entre le ronronnement d'un chat effrayé et un enfant esseulé qui chantonne dans une cave faiblement éclairée.
Si les circonstances le requièrent, le chat ronronne pour se relaxer, en pratiquant une sorte d'autohypnose ou, plus exactement, en trouvant à travers le son une forme d'équilibre intérieur, tout comme les gurus indiens qui utilisent les mantras pendant la méditation.

Le jeu

Un chaton commence à jouer vers l'âge de trois semaines ; à peine est-il capable de garder l'équilibre debout sur ses quatre pattes, qu'il peut attraper un fil qui lui est tendu ; la queue que la maman chat balance intentionnellement est attrapée avec fierté à chaque passage. Au cours des trois semaines qui suivent, la situation évolue et commencent les jeux de groupe.
La poursuite, l'embuscade et d'autres jeux où l'on s'attrape réciproquement sont souvent assez violents et rappellent clairement les techniques ancestrales de chasse et de défense.
Un instinct inné empêche pourtant les chatons de dépasser certaines

LE MYSTERE DU RONRONNEMENT

Le ronronnement occupe une place bien particulière parmi les différents modes d'expression du chat. Certains experts affirment qu'il s'agit de la vibration de « fausses cordes vocales », deux plis des membranes situées derrière les véritables cordes vocales ; d'autres, en revanche, pensent que c'est le fait du flux sanguin dans la veine cave, laquelle renvoie le sang au cœur après avoir irrigué tout le corps. Entre le foie et le diaphragme cette veine se rétrécit et l'aspiration dans ce goulot provoquerait des vibrations dans le thorax et dans la trachée.

« Et si c'était un serpent ? » Toujours Phantom de Do Diesis

limites et de se faire mal. Souvent, au cours du jeu, les rôles s'inversent sans raison apparente, et le poursuiveur devient poursuivi. Une pelote de laine ou une petite balle est la proie fictive que le chat poursuit en la faisant sauter avec les pattes antérieures.

Si la balle disparaît sous un meuble, voilà que la petite patte se transforme en un crochet adroit, ou bien c'est le chaton lui-même qui se glisse sous le meuble pour la récupérer. Parfois le chat glisse ses petites pattes sous la balle avec la rapidité de l'éclair et la lance en arrière pour ensuite la rattraper en faisant une sorte de culbute. Desmond Morris, célèbre pour ses études en éthologie, décrit comme suit la technique de chasse d'un chat sauvage : dans l'attente de sa proie, le petit félin se couche près d'un cours d'eau, puis, dès qu'il aperçoit un petit poisson, plonge très rapidement une patte dans l'eau et la glisse sous le corps de sa proie en la faisant « voler » jusque sur le rivage.

Chatons de l'élevage de La Celsa

Avec ce mouvement en arrière, derrière ses propres épaules, le chat parvient à sortir le poisson de l'eau et, pendant que celui-ci se débat dans l'herbe, il se tourne avec une rapidité foudroyante et lui fonce dessus. Voilà comment le jeu répète le schéma comportemental de l'animal sauvage et le rite de la chasse.
L'un des jeux les plus curieux à voir, est celui de « l'ennemi invisible » : le petit museau tendu en avant et les oreilles plaquées en arrière, il se déplace en biais par petits bonds ; en faisant le gros dos et avec son poil hérissé, il se sent grand et fort dans le duel avec son ennemi imaginaire.
Un autre jeu est celui du « château » : un chaton grimpe quelque part en hauteur (sur une boîte, une chaise ou n'importe quoi d'autre) et ses petits frères doivent réussir à le faire tomber pour prendre sa place.
Tous ces jeux sont évidemment une sorte d'apprentissage en vue de situations futures et constituent son bagage d'expériences. Pourtant, certains de ces jeux échappent totalement à notre compréhension. Comment expliquer en effet l'intérêt que le chat montre pour toute boîte, sac ou emballage qu'il trouve à la maison ? Il ne sera pas content tant qu'il n'aura pas réussi à entrer dedans et sera capable des plus incroyables acrobaties pour pouvoir y parvenir !

Le sommeil

Il existe trois phases du sommeil : le sommeil léger, le sommeil profond et une phase un peu particulière entre veille et sommeil ; c'est dans cette dernière phase que les chats se trouvent la plupart du temps. Au cours du premier stade, ils gardent le tonus musculaire du cou et du tronc, alors que le sommeil profond est caractérisé par une série de mouvements saccadés du bulbe oculaire, sous les paupières fermées ou entrouvertes. L'ensemble du corps a tendance à s'allonger et de légers soubresauts musculaires peuvent se produire.
Ces deux phases se succèdent avec un rythme régulier : six-sept minutes de sommeil profond et vingt à trente minutes de sommeil léger.
Même lorsque l'état de conscience est à son plus bas niveau, l'activité du cerveau est telle qu'elle peut déclencher une réaction immédiate au moindre signal de danger.
La phase intermédiaire est la plus heureuse et enviable ; c'est dans cet état que le chat parvient à s'abstraire de tout ce qui le gêne autour de lui, sans pour autant diminuer son activité psychique. C'est également de cette façon qu'il affronte des moments désagréables ou tout simplement ennuyeux, en utilisant le ronronnement comme un mantra.

Les expositions

Les soins quotidiens

L'atout majeur du persan est sa fourrure et le chat doit être habitué dès son plus jeune âge à tous les soins, brossages et shampooings que sa robe nécessite pour être toujours merveilleusement vaporeuse.

Le brossage quotidien doit être effectué avec beaucoup de délicatesse, en utilisant un peigne à dents larges, longues et avec une pointe arrondie, afin d'aérer la fourrure.

Une fois le peigne passé, on pourra en utiliser un autre à dents plus serrées, pour éliminer les poils morts et quelques éventuels petits nœuds.

Il faut impérativement contrôler la peau avec attention pour détecter d'éventuels parasites, pellicules ou autre signes de problèmes cutanés.

Le bain

Il est très important d'habituer le persan à des bains fréquents ; on évitera ainsi l'accumulation de graisses dans la fourrure et on facilitera l'élimination du poil mort et la repousse du nouveau.

Le plus pratique sera d'utiliser un évier à double cuvette pourvu d'un pommeau de douche : remplissez à moitié la cuvette d'eau tiède et plongez-y délicatement le chat après y avoir placé un petit tapis en caoutchouc pour éviter les glissades. Mouillez tout le poil et verser ensuite un peu de shampooing à pH neutre, en faisant toujours très attention aux yeux et

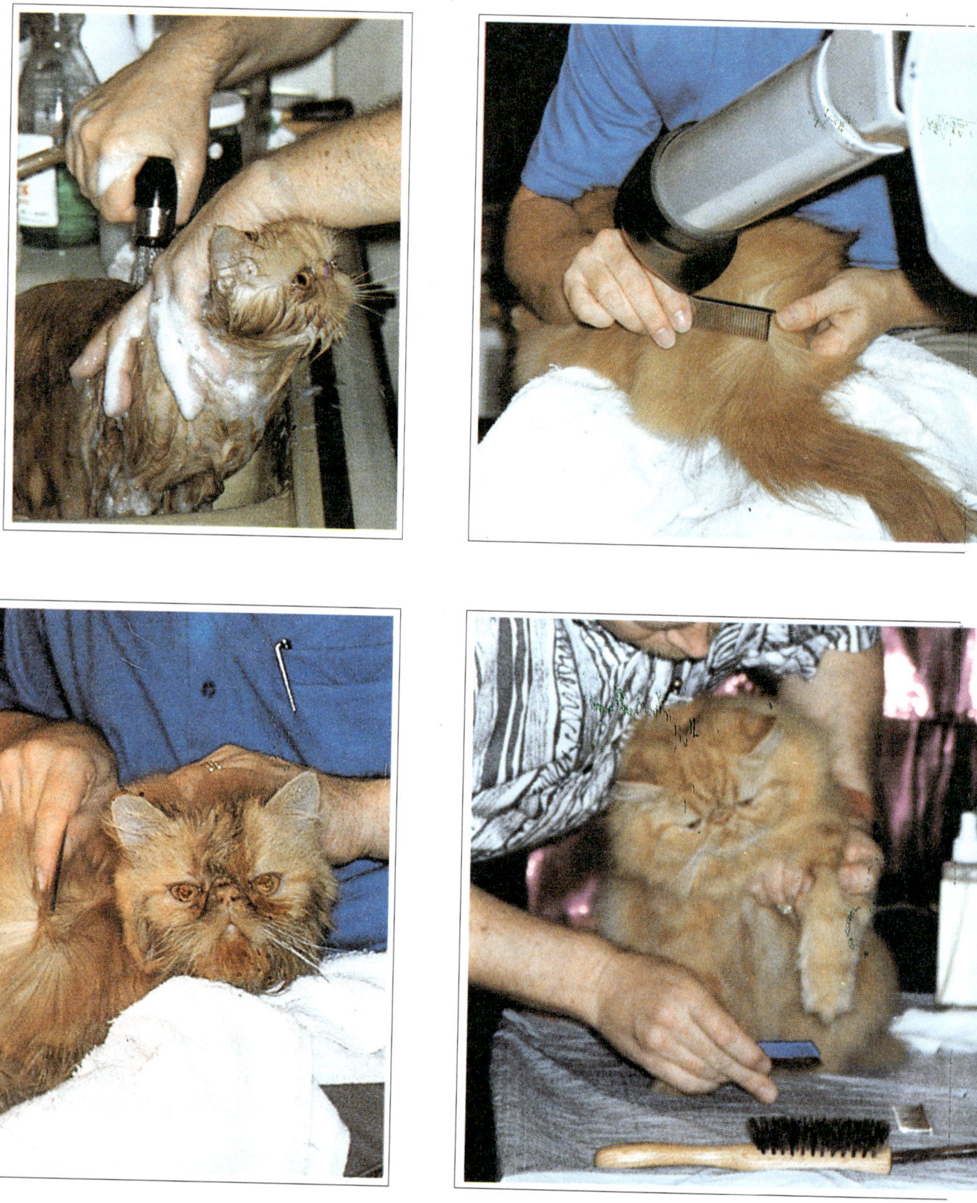

Le bain, le séchage et le toilettage du persan

aux muqueuses en général. Ne passez jamais le shampooing sur le museau : cela pourrait être extrêmement dangereux. Massez délicatement en insistant particulièrement au niveau du point d'attache de la queue (surtout pour les mâles) et derrière les oreilles. Rincez et répétez l'opération avec un produit adapté à l'état du poil : aux protéines, à l'huile de vison, au soufre, etc. Le shampooing à l'huile de vison est excellent pour nourrir le poil mais il ne faut pas l'utiliser juste avant une exposition, car il alourdit la fourrure. Eliminer soigneusement la mousse est une opération essentielle si l'on désire obtenir un bon résultat. Ajoutez également une demi-tasse de vinaigre dans l'eau du dernier rinçage, pour rendre son poil encore plus brillant.

Ensuite, enveloppez le chat dans une grande serviette et frictionnez-le pour que l'excès d'humidité soit absorbé ; puis placez-le dans une petite cage devant un ventilateur d'air chaud.

Le toilettage

Si le chat doit participer à une exposition, il sera nécessaire d'achever le séchage à l'aide d'un sèche-cheveux pas trop bruyant, tout en peignant à contre-poil toute la fourrure, mèche par mèche, avec un peigne à dents larges. Pour la queue, il faut utiliser ce même peigne et faire très attention à ne

Un magnifique sujet persan : Flamme Nabucco, Champion international, mâle blanc. Eleveur et propriétaire : Giubertoni Lasagni

pas procéder par à-coups. Le poil de la queue doit être lissé et ouvert en éventail comme une plume.
Les techniques de toilettage diffèrent selon la couleur et la variété : pour les persans noirs et écaille de tortue il faut lisser le poil puisqu'il doit retomber sur le corps comme une robe en soie ; la même technique doit être utilisée pour les tabby, pour mettre en valeur le dessin ; quelques gouttes d'eau de Cologne sur le dos donneront de l'éclat aux couleurs.
Très importante, notamment pour les robes claires, est l'épilation, grâce à laquelle on rend la fourrure uniforme en éliminant les seimes et les poils dominants. Il ne s'agit pas d'une technique très difficile à apprendre, mais elle requiert en tout cas une certaine pratique : prenez le bout d'une mèche de poils entre deux doigts de la main droite et avec les doigts de l'autre main crêpez le poil. Dans les doigts de la main droite ne resteront que les poils les plus longs et de couleur foncée que l'on pourra alors épiler d'un coup sec. C'est un travail long qui demande de la patience, mais le résultat sera exceptionnel : la robe deviendra plus claire et vaporeuse, elle sera moins longue, mais cela n'a pas beaucoup d'importance car les juges accordent plus d'intérêt à l'uniformité de la couleur qu'à la longueur du poil. Une épilation effectuée avec régularité favorise l'épaississement et la repousse du sous-poil.

Prison dorée !

Les soins des yeux et des oreilles

Un larmoiement important est assez fréquent chez les persans, car le canal lacrymal est court et écrasé à cause des impératifs du type. Tous les jours, les yeux doivent être nettoyés délicatement avec de l'eau additionnée d'acide borique pour éviter que se forment d'inesthétiques taches jaunâtres au-dessous et aux ailes du nez.
Pendant le bain, il est toujours préférable de protéger les conduits auditifs avec de l'ouate. Les oreilles doivent être nettoyées ensuite avec un petit bout de coton hydrophile imbibé d'eau, pour éliminer toute trace de cérumen. En revanche, il vaut mieux éviter l'utilisation des cotons-tiges, car ils pourraient endommager le tympan.
Il est recommandé de consulter le vétérinaire au cas où l'on remarquerait des dépôts noirâtres à l'odeur désagréable, révélateurs de parasites auriculaires.

Un modèle très pratique de cage de transport

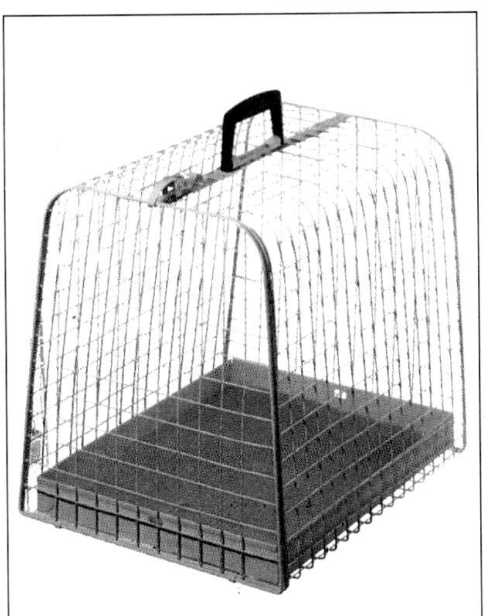

Les accessoires et le matériel pour l'exposition

Pendant deux jours votre chat sera une vedette et il faudra donc s'occuper de lui en conséquence.
La cage dans laquelle il loge pendant l'exposition mesurera environ 70 x 70 centimètres et devra être aménagée : des petits rideaux sur les cloisons latérales et celle du fond, un carré de moquette au sol et un joli coussin. L'ensemble sera élégant et en harmonie avec la couleur de la robe du chat.
Il faudra avoir sous la main tout ce qui est nécessaire à la toilette de la star : outre le peigne et la brosse, une grande serviette sera utile pour pouvoir l'étaler sur la table avant le toilettage, car il est plus hygiénique de ne pas poser son chat là où d'autres se sont posés. N'oubliez pas les écuelles pour la nourriture et l'eau, le bac hygiénique et un germicide efficace pour désinfecter la cage. Il sera prudent d'avoir à portée de main un colly-

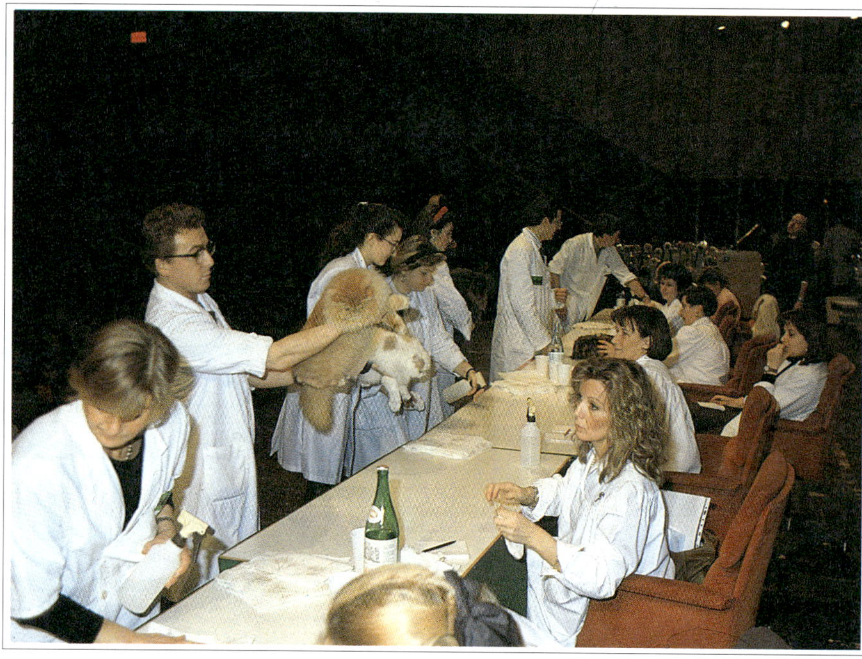

Une des phases du Best in Show : le grand jury doit établir quel est le plus beau

re antiallergique, quelques comprimés antidiarrhéiques et de la valériane.

Les formalités d'inscription

Pour avoir tous les formulaires nécessaires pour participer à une exposition, il faut s'adresser au club organisateur. Il est recommandé d'arriver un peu à l'avance par rapport à l'horaire d'entrée, afin d'éviter une longue attente pour la visite vétérinaire.

Le chat doit être en bonne santé et ne pas avoir de traces de parasites. On procédera au contrôle des dates de vaccination (typhus, coryza et antirabique), dont l'attestation doit avoir été visée en bonne et due forme par un cabinet vétérinaire, depuis au moins un mois et pas plus d'un an. Une corbeille de voyage empêchera qu'il s'excite en voyant d'autres chats pendant la durée d'attente.

Une fois les formalités accomplies, il faudra retirer l'enveloppe contenant le catalogue de l'exposition et le petit collier numéroté, nécessaire à l'identification du chat et de la cage qui lui a été attribuée.

La préparation

Une fois expédiées ces procédures, on peut préparer la cage (précédemment désinfectée), y poser l'écuelle d'eau et y placer le chat. Il est plus prudent qu'il soit à jeun, pour éviter d'éventuels problèmes au moment du jugement.
L'exposant aura sa place dans le « ring » derrière la cage, puisqu'il est très important que le chat ne se sente pas abandonné. Les animaux qui ont l'habitude des expositions supportent très bien ces deux journées de « prison dorée », mais il peut ne pas en être ainsi pour un chat adulte à sa première expérience. S'il devait manifester des signes évidents de stress, il serait préférable de ne pas répéter l'expérience pour préserver son bien-être, même si sa beauté mériterait qu'il participât aux expositions.

Le jugement

Des personnes en blouse blanche (simples volontaires ou personnes qui se préparent à devenir juges) passent chercher les chats pour les amener aux juges. Il s'agit là d'une opération qui nécessite un très bon feeling avec les chats et d'excellents réflexes, au cas où les animaux seraient effrayés ou agressifs.
Les préposés présentent le sujet au juge en le tenant de façon adéquate, pour que l'on puisse bien voir sa structure et sa robe. Le juge l'examine et note son jugement sur une fiche ; une fois que le jury a terminé son travail, le chat est ramené dans sa cage.
A la fin de la première journée d'exposition on peut laisser la cage telle quelle, car il y a toujours un service de surveillance.
La deuxième journée (il faut arriver avec ponctualité) commence généralement avec le choix des meilleurs sujets qui vont concourir pour le Best (nomination). Vers 12 heures il y aura le clou de la manifestation : le « Best in show », le choix et la proclamation des vainqueurs dans les différentes catégories, ainsi que la nomination du vainqueur général. Dans l'après-midi aura lieu la distribution des prix dans un foisonnement de coupes étincelantes et de cocardes multicolores. Le soir, l'exposition se termine.

Les différentes classes

Les chats concourent dans trois catégories : mâles, femelles et neutres (pour les chats castrés).

Peach-n-cream, Champion international, femelle écaille bleu de l'élevage de Tuaregh. Eleveur et propriétaire : Papini

• Classe de grand champion international. Réservée aux seuls champions internationaux.

• Classe de grand Premior international.

• Classe grand champion (CAGCI).

• Classe neutre Premior (CAGPI).

• Classe championnat CACIB (Certificat d'aptitude au championnat international de Beauté). Cette classe est subdivisée par sexe, race ou couleur. Le juge est libre de ne pas accorder la CACIB s'il estime que le sujet ne mérite pas ce titre.

• Classe neutre Premior CAPIB.

• Classe ouverte CAC (Certificat d'aptitude aux championnats). Pour tous les sujets, même les champions, âgés de dix mois au moins le jour de l'ouverture de l'exposition. Cette classe n'est jamais subdivisée par âge. L'inscription au LOF est obligatoire.

• Classe neutre CAP. Pour tous les sujets châtrés, âgés de six mois au moins, dans les mêmes conditions que la classe ouverte.

• Classe Jeunes, de six à dix mois. L'inscription au LOF ou au RIEX est obligatoire.

• Classes Jeunes de trois à six mois. L'inscription au LOF ou au RIEX est obligatoire.

Les personnes intéressées pourront s'adresser à la Fédération féline française et au Cat Club de Paris : 75, rue Claude Decaen – 75012 Paris – Tél. : 46.28.26.09.

Glossaire

Agouti : gène porteur du caractère sauvage qui détermine sur le pelage noir une ou plusieurs stries jaune roussâtre.

Allèle : couple de gènes dont dépendent les manifestations différentes d'un même caractère génétique.

Blotched : dessin marbré caractéristique du tabby.

Chromosome : structure contenue dans le noyau de la cellule dépositaire des différents caractères morphologiques fonctionnels héréditaires.

Cobby : terme anglais qui suggère une forme ramassée et compacte, utilisé pour indiquer la structure du persan.

Dominant : gène ou allèle capable d'influencer le génotype par hérédité des deux parents. Le caractère « dominant » s'impose sur son homologue « récessif » en se manifestant avec évidence dans la progéniture.

Eumélanine : gène O indiquant la couleur noire.

Gène ou facteur : unité physique d'hérédité ; segment de ADN qui contient le code d'une fonction spécifique.

Génétique : science qui étudie la nature et les propriétés des mécanismes de transmission des caractères héréditaires.

Génotype : ensemble des caractéristiques génétiques que chaque sujet hérite des parents, déterminant la structure et le fonctionnement de l'organisme.

Hétérozygote : sujet dans lequel le couple de gènes relatifs à un caractère déterminé est composé de gènes différents ; par exemple le gène de la couleur : noir du côté du père et crème du côté de la mère.

Homozygote : sujet dont le couple de gènes relatifs à un caractère déterminé est composé de gènes identiques ; par exemple le gène de la couleur : noir du côté du père et noir du côté de la mère.

Marques : ombres ou taches de couleurs différentes sur le museau, les oreilles, la queue et les membres des chats à gène siamois.

Morphologie : ensemble des caractéristiques physiques qui déterminent la race.

Ovule : cellule germinale apte à la reproduction chez la femelle.

Phaeomélanine : gène O indiquant la couleur rousse.

Phénotype : ensemble des caractéristiques physiques qui déterminent l'aspect extérieur du sujet.

Récessif : caractère d'un gène ou allèle qui ne peut se manifester dans le phénotype parce qu'il est unique (hérité d'un seul des parents). *Cf.* « Hétérozygote ».

Spermatozoïde : cellule germinale apte à la reproduction chez le mâle.

Spotted : dessin tabby à petites taches rondes.

Tigré : dessin tabby à striures.

Tipping ou ticking : partie pigmentée du poil.

Truffe : zone terminale du nez dépourvue de poil.

Bibliographie

AUDRAS R.-P. et CHAUMETON A., *Toutes les races de chats*, Bordas, 1988.

BARNAY G., *Les Beaux Chats de France*, éd. P. Tournon, 1988.

BRISSON A., *De quelle couleur seront mes chatons ? Abrégé génétique de la robe*, Point-Vétérinaire, 1990.

DAOUD K., *J'aime mon chat*, préf. de A. Bougrain-Dubourg, Hachette, nouv. éd., 1992.

DEHASSE J. et DE BUYRER, *Le Chat, cet inconnu,* Vander, 1985.

ECKSTEIN W. et F., *La Vie des chats illustrés*, trad. de l'anglais par N. Blot, Soline, 1992.

GADI S., *Vous et Votre persan*, éd. de l'Homme, 1985.

HENDERSON G. N. et COFFEY D. J., *Encyclopédie internationale des chats : tous les soins qu'ils attendent de vous*, nouv. éd., Albin Michel, 1986.

OLIVIER C., *Le Chat de A à Z*, éd. de l'Homme, 1990.

SACASE C., *L'Encyclopédie des chats : pour les connaître, les comprendre, les soigner*, Bordas, 1986.

TAYLOR D., *Vous et Votre chat*, trad. de l'anglais par B. Logeart, Larousse, 1986.

TAYLOR D. et MARTYN E., *Ecaille de tortue*, trad. de l'anglais par N. Guibert, coll. « La Petite Bibliothèque du Chat » Gründ, 1991.

WOLTER R., *Diététichat*, De Vecchi, 1991.

Le Chat, ouvrage collectif sous la direction du Dr P. Rousselet-Blanc, Larousse, 1992.

Guide des chats, préf. de F. Vallat, Sélection du Reader's Digest, 1992.

Index analytique

Achevé d'imprimer en mars 2003
à Milan, Italie,
sur les presses de Grafiche Milani

Dépôt légal : mars 2003
Numéro d'éditeur : 7853